전봇대와
공무원

전봇대와 공무원

1판 1쇄 발행 | 2017년 10월 20일

지은이 | 최정욱
발행인 | 이선우
펴낸곳 | 도서출판 선우미디어
　　　　등록 | 1997. 8. 7 제305-2014-000020
　　　　02643 서울시 동대문구 장한로12길 40, 101동 203호
　　　　☎ 2272-3351, 3352 팩스: 2272-5540
　　　　sunwoome@hanmail.net
　　　　Printed in Korea ⓒ 2017. 최정욱

값 12,000원

※ 잘못된 책은 바꿔 드립니다.
※ 저자와의 협의하여 인지 생략합니다.

이 도서의 국립중앙도서관 출판예정도서목록(CIP)은 서지정보유통지원시스템
홈페이지(http://seoji.nl.go.kr)와 국가자료공동목록시스템(http://www.nl.go.kr/kolisnet)에서
이용하실 수 있습니다.(CIP제어번호: CIP2017026368)

ISBN 978-89-5658-540-6 03810
ISBN 978-89-5658-541-3 05810(PDF)

최정욱 자전에세이

전봇대와 공무원

선우미디어

젊음의 뒤안길에서

간간 주변의 친구들이 책을 보내준다. 그 가운데에는 내가 보기에 시원치 않은 책도 있다. 어쭙은 시건방이다. 물론 건방진 생각이었지만, 그럴 때마다 책을 내보고 싶은 충동이 생기기도 하였다.

그러나, 다시 써놓고 읽어보면 자신이 사라졌다. 이런 저런 이유로 글이 마음에 안 들었기 때문이다.

지금부터 약 천 년 전, 고려 예종 때 한림학사로 천하제일의 문장이라는 명성을 얻었던 김황원이 평양 부벽루에 올라가 주변의 아름다운 경치를 완상하다가, 부벽루 난간에 걸린 시를 읽었다.

마음에 들지 않았다.

그는 갑자기 이것도 시냐고 투덜대면서 난간의 시문을 뜯어내고, 그 자리에서 붓을 들어 거침없이 써내려 간다.

長城一面溶溶水(장성일면 용용수)

大野東頭点点山(대야동두 점점산)

달랑 두 구다.

"대동강 유유히 흘러가는 저 들 너머로 점점 산이 앉았다."는 두 구를 쓰고, 대구(對句)를 얻지 못하여, 울면서 부벽루를 내려왔다고 한다. 글쓰기가 얼마나 어려운 일인가를 말하는 일화다.

그러다가 금년 겨울과 초봄의 간·절기(間節氣), 정확하게 말하면, 2017년 2월 2일, 한 대 되게 얻어맞았다. 뇌출혈이다.

빨리 대처한 덕에 한 달여 입원하였다가 퇴원하기는 했으나, 점잖게 말하여 좌측 편마비(左側 片麻痺), 쉬운 말로는 반신불수라는 진단을 받았다.

이런 와중에서 세월은 나를 기다려주지 않는다는 것을 알았다. 운이 좋아 다음 세월에 더 좋은 글을 쓸 수 있는 은총이 주어진다면 몰라도, 우선 이만한 목소리라도 낼 수 있는 호기를 빌어 내 지금까지의 정신세계를 털어놓기로 한다. 책을 상재하게 된 소이다.

졸저를 내놓기까지 격려를 아끼지 않은 외우 임창순과 원창희 화백, 그리고 아내 김종례에게 감사드린다.

2017년 늦가을의 좋은 날
최정욱

[자서]

[발문]

제1장 어머니를 그리며

제4장 편지

제5장 역지사지

제6장 다시 시작하는 마음으로

원창희 화백 作

제 1 장

어머니를
그리며

저자의 어머니 김연금(金蓮琴) 여사

부전자전(父傳子傳)

국민학교 2학년에 재학 중인 막내 녀석은 이 애비와 유사한 점이 많은 탓인가. 아니면 자식사랑은 내리사랑이라는 옛 어른들의 말씀이 옳은 것인지 어떻게 딸 하나 아들 둘을 차례로 둔 터수에 솔직히 말해 녀석에게 잔정이 더 쏠림을 어쩔 수 없다.

나는 어릴 적부터 손에 익지 않은 탓에 지금도 포크와 나이프 쥐는 법이 서툴고, 스프보다는 국물을 좋아하는 편이라 양식이라는 것을 별로 달갑게 여기지 않는다.

그저 얼큰한 국물에 미나리 숭숭 썰어 넣고 보글보글 투가리에 끓여 내오는 탕 종류의 한식을 좋아하는데, 녀석은 어린 나이에도 이 애비의 식성을 닮아서 그런지 이마에 송글송글 땀방울이 맺혀도 탕 종류는 그릇까지도 말끔히 비우고는 얼얼한 입술을 호호 불면서, 말간 얼굴로 애비를 올려다본다. 그런 때마다 절로 웃음이 나옴을 어쩌랴.

그런데, 녀석은 잊을 만하면 요에다 오줌을 싼다. 이른바 야뇨증이다.

잠자리에 들기 전에 챙겨서 오줌을 가려 주건만 깜빡하는 날이거나 어쩌다 저녁나절에 수박이나 참외 등 수분이 많은 과일을 먹고 잠자리에 든 날은 거의 어김이 없다.

야뇨증(夜尿症)─. 만 3세 이상이 되어도 밤에 잠자다가 무의식중에 오줌을 싸는 소아질환. 어린아이는 6세 이상이 되어도 1년에 몇 번은 무의식중에 오줌을 싸는 수가 있으나 이것은 병이 아니다. 소아의 정신, 심리적 인자(因子)가 가장 큰 원인이다. 일반적으로 여아보다 남아에 많다. 흔히 유전에 의하여 일어나는 수가 많은데 한 가족에 집적(集積)하는 경향이 있다. 그렇다고 아이를 꾸짖거나 몰아세우는 일은 오히려 치유를 방해하는 것이 된다. 근본요법은 없다.

오늘 아침에도 녀석은 또 오줌을 쌌다.

"엄마, 엄마, 대현이 또 오줌 쌌다아─."

명색이 형이란 녀석이 동생의 가장 큰 약점인 이 야뇨증을 가지고 콜럼버스가 아메리카 신대륙 발견한 것만큼이나 호들갑스럽게 동생의 장마전선에 이상 있다는 급보를 전하러 부엌으로 내닫는다.

나는 이불 속에 누워 눈을 감고 있었지만 그 후의 광경을 훤히 알수 있어 빙긋이 웃고 만다.

"뭐, 또 오줌을 싸아. 아니 몇 살이나 먹어야 똥오줌을 언제 가릴래? 응?"

제 엄마의 옥타브 높은 소리가 들려오고 이어서 제 누나가 놀려대는 아침 행진곡이 울릴 테니까 말이다.

"아침에 일어나니 김이 모락모락, 이불을 들쳐보니 지도가 그려있네. 자세히 살펴보니 제주도가 빠져 있어, 엄마가 말씀하길 다음부턴

잘 그려라."

녀석은 또 무슨 큰 죄를 지은 양 방구석에 쪼그리고 앉아서 토끼같이 두 눈만 깜빡이고 있겠지.

나는 사전에서 찾아본 야뇨증의 증상 가운데 특히 유전에 의하여 일어나는 수가 많다는 점과 꾸짖는 일이 치유를 방해하는 것이 된다는 것을 충격적으로 읽고 난 후부터는 녀석이 오줌을 싸는데 있어서만은 지극히 관대하다.

아니, 녀석이 애비를 오리지널 닮았다는 확신에서 더 귀여워한다.

사실, 조금은 부끄럽고 쑥스러운 이야기지만 나는 중학교에 다닐 때까지 만해도 잠자리 요에 오줌을 싼 경험이 있다.

친구들과 어울려 공차기나 연날리기를 한다. 소변이 보고 싶다. 이리저리 적당한 곳을 살펴보다가 여의치 않아 남의 두엄자리나 헛간 벽에 실례를 한다. 시원치가 않다. 찔끔찔끔하다가 에라 모르겠다며 시원하게 볼 일을 본다. 그리고 나면 영락없이 잠이 깨고 아랫도리가 흥건하다.

"아이고, 또 지렸구나. 이를 어쩌나."

나이가 드니 자연 양도 많아져 추야동 긴긴 밤에 따뜻한 아랫목을 이리저리 옮겨가며 요를 말려 보지만 역부족이다.

재수가 좋으면 어머니에게 들키지 않을 수도 있지만 설사 들키지 않는다고 하더라도 지도를 그려 놓은 그 흔적이야 어찌 열 손가락으로 가릴 수 있을꼬.

말은 아니 해도 당해 본 사람은 내 심정을 알 것이다. 어쨌든 나는 이 오줌 때문에 고생깨나 한 사람이다.

나이가 들다보니 어느 때부터인가 나도 모르는 사이에 이 증세가 나왔지만, 부전자전이라더니 막내 녀석이 애비의 야뇨증 유전자를 닮다니—.

원, 녀석도 닮을 걸 닮아야지, 하필이면 오줌싸개를 닮아서 이 청명한 아침에 소란을 피우다니.

야단친다고 될 일도 아닌데다가 나의 이런 전력 때문에 나는 녀석의 오줌 싸는데 있어서만은 무한하게 관대한 편이다.

절대 야단치는 법이 없을 뿐더러 언제나 무료변론의 기수가 된다.

제 엄마가 언짢게 야단을 칠 요량이면

"여보, 아 애가 오줌을 싸고 싶어서 싸는 거요?"

내 쪽에서 목에 핏대를 세우고 오줌싸개를 안고 돈다. 남편의 야뇨증 전력을 알 수 없는 아내는,

"저이는 그저 막내라면 무조건 싸고 돈다"고 나에게 흰자위 많은 눈길을 주지만 연작이 어찌 대붕의 뜻을 알리오.

따지고 보면 오늘 새벽, 녀석이 실례를 한 것도 이 애비의 잘못이다.

엊저녁 수박을 먹게 하고 재웠으면 불침번 마냥 새벽에 한 번쯤 더 깨워서 볼일을 보도록 했어야 하는 건데 애비의 게으른 탓 아닌가.

아— 제 형과 누나가 칼질하러 가자고 조를 때(양식을 사 달라는 뜻) 나는 아빠하고 아구탕을 먹고 싶어 하는 동병상련의 오줌싸개 막내가 방구석에 쪼그리고 앉아서 두 눈만을 말똥말똥 뜨고 눈치를 보게 하

다니.

나는 누운 채로 손을 내밀어 녀석을 끌어다 이불 속으로 당기면서

"아들아, 너 오줌 싼 거, 괜찮아. 아빠는 언제나 네 편이니까. 그지?"

그리곤 솜털같이 부드러운 녀석의 볼에 입맞춤해 주었다. 녀석이 조반상을 앞에 하고 느닷없이 제 엄마를 쳐다보며 묻는다.

"엄마, 엄마, 왜 나는 고추가 약점이래?"

"뭐? 고추가 약점? 우하하하."

나는 한입 넣은 상추쌈이 튀어나오는 것도 아랑곳없이 배꼽을 거머쥐지 않을 수 없었다.

애비를 닮아서 얼큰한 매운탕을 좋아하고 오줌싸개가 된 막내 녀석.

이래서 나는 옛 어른들이 말씀하신 자식은 내리사랑이라는 말에 고개를 주억거리는 어쩔 수 없는 애비가 되었나 보다.

(1988.)

시계

지금은 어느 집이나 서너 개쯤의 시계가 있지만, 내가 어릴 적만 해도 시계란, 참 귀물(貴物)이었다.

십여 호 남짓한 시골 마을에 시계가 있는 집이라고는 노(魯) 선생님이라는 분의 댁에 걸려 있는 추 달린 괘종시계가 우리 마을의 유일한 표준시계였다.

그래서 흔히 먼 나들이를 하기 위해 차 시간을 알 필요가 있을 때는 이 노선생님 댁 마당을 기웃거려 대청에 걸려 있는 시계를 쳐다보고 시간을 어림 짐작했던 것이다.

집집마다 시계가 없으니 마을 앞을 지나가는 열차를 보고 시간을 대중하기도 하지만, 오랜 세월 경험으로 체득한 시간감각은, 모내기나 지심 맬 때의 새참 내오는 시간은 어떻게들 맞추어 내는지 동네 아낙네들이 줄줄이 광주리에 먹을 것을 이고 밭둑 논둑으로 걸어 나오던 모습이 지금도 눈에 선하다.

우리 집에는 동네 표준시계까지는 못 되어도 낡은 사발시계가 하나 있었다.

물론, 나는 등교할 때라도 이 시계를 보고 시간을 맞춰 본 적이 없다.

어느 때고 밥 일찍 먹은 녀석이 학교 가던 중에 친구들 앞에서 "아무개야 학교 가자" 하고 부르면 그게 바로 등교시간이었으니까.

지금은 70이 넘으셔서 남미(南美)로 이민을 가신 작은 고모님께서 보통학교 졸업 때 도지사상으로 받아오셨다는 이 사발시계는, 내가 시계 눈금을 읽어 볼 줄 알게 된 나이에는 이미 문자판이 빛바랜 갱지처럼 퇴색하여 있었고, 시간도 들쑥날쑥 제 마음대로 빨랐다 늦었다 하는 망령을 부릴 만큼 낡아 있어 영 신빙성이 없어 보였지만, 그래도 집에 찾아오는 반 동무라도 있을라치면 나는 이 시계를 꼭 자랑하곤 했다.

하기야 이 시계 말고 또 뭐 자랑할 만한 게 있지도 않았지만—.

"이 시계 우리 고모가 도지사한테 상 받은 거다."

그때마다 부러운 눈으로 시계를 쳐다보고 감히 힘써 만져볼 생각도 못하고 손가락으로 째깍째깍 움직이는 시계바늘만을 응시하던 그 고사리 같던 손길들이 그립다.

내가 내 손목에 시계다운 시계를 처음 차본 것은 주월 한국군으로 월남에 파병하여 피·엑스(PX)에서 세이코—인가 하는 일제 시계를 샀을 때다.

옥양목을 깨끗하게 표백한 것만큼이나 새하얀 문자판에 날짜와 요일이 모두 표시되는, 지금이야 별로 대수롭게 여기지 않지만 당시 내 형편으로는 고급스런 시계였다.

시계를 사 가지고 나오면서 왼쪽 손목에 처음 찼을 때, 묵직한 감촉이 전달되는 손목의 무게에도 어색하였지만 촌놈이 시계 찼다고 누가 흉이라도 보지 않을까 쑥스럽기가 여간 아니었다.

나는 이 시계를 퍽 소중히 간직했던 것 같다.

시계 속에 혹 물이라도 들어갈까 싶어 세수할 때는 꼭 벗어두고, 잠잘 때는 고약한 잠버릇에 냅다 시계 찬 손으로 벽이라도 쳐서 유리판이 다칠까 해서 벗어두고, 망치질이나 괭이질을 할 일이 있어도 그 진동으로 혹 시계 초침에 영향이 있을까 지레 겁을 먹고 장소를 잘 골라 벗어 놓을 정도였다.

귀국한 후에도 이 시계에 대한 나의 애착은 습관처럼 되어 변함이 없었는데, 어느 날인가 하숙집에서 잃어버렸다.

잃어버렸다기보다 도난당한 편이 옳은데 짐작이 가는 바는 있으되 선무당이 사람 잡고, 잃은 사람이 죄 받는다는 말도 있고, 또 그리 모질지 못한 나의 성격 탓에 확증도 없는 일을 벌였다가 되레 책잡힐 일도 두려워 혼자만 끙끙 앓을 수밖에는 어쩔 도리가 없었다.

며칠을 두고 그 허전함 때문에 시계 찼던 손목을 바라보고 만져보고 손목에 표시된 시계 자국(햇볕에 시계를 찼던 부분은 유난히 피부가 하얗다)을 어루만졌는지 모른다.

아침에 일어나서 문득 머리맡에 벗어두었음직한 시계를 더듬다가 "아—참 시계 잃어버렸지" 하고는 씁쓰레 웃어넘긴 일이 한두 번이 아니다.

그 후에 내가 다시 손목시계를 갖게 된 것은 2년이 지나 아내로부터 약혼선물을 받은 때다.

그동안은 시계가 없어 불편을 느끼지 않은 바 아니로되 잃어버린 시계에 대한 연민과 꼭 다시 내 손으로 다시 돌아올 것 같은 착각으로 시계사는 일이 주저되던 터였다.

아내로부터 내 손목에 약혼시계가 채워지던 순간의 감격은 솔직히 말해서 월남에서 내가 맨 처음 사서 찼던 그 잃어버린 시계의 감격보다는 못했노라고 이제 와서 고백한다면, 아마 아내 사랑의 정이 부족한 탓이었다고 한 마디 들을 일일까?

아니다. 그만큼 시계가 흔해졌기 때문이다.

시계가 흔해졌다니 말인데, 요사이는 유치원생도 시계를 차고 다닌다. 아니, 개 목걸이에도 시계가 있다던가?

국민학교 다니는 아들 녀석들이 시계를 사 달란다.

어릴 적 하도 가난 속에 찌들게 살아온 터에 갖고 싶은 욕망을 포기하는데 익숙하게 살아왔던 나는, 가능하면 자식들의 요구도 들어주는 애비가 되어야겠다는 평소의 지론도 있고, 또 학교에서 시계와 시간에 대한 관념도 배우는 녀석들의 뜻에 따라 시계 사주기 약속을 해버렸다.

며칠 전, 큰맘 먹고 친구가 경영하는 시계점에 들러 아이들이 부탁한 마징가제트인가 뭔가 하는 전자시계 두 개를 사서 녀석들에게 주었다.(나는 형제를 두고 있다)

그런데, 그런데 말이다. 녀석들의 표정이 크게 기쁘거나 고마워하지 않는 것 같다.

그저 여느 때 동네구멍가게에서 아이스크림 사서 들고 올 때나 별반 다른 반응을 보이지 않는다.

"아빠, 고마워요" 한마디뿐 저들이 보던 TV에서 눈조차 떼는 기색이 아니다.

손목에 차보고 좋아서 날뛰며 신기해하는 모습을 짐작했던 애비를 영 실망시킨다.

보다 못해 애비가 더 안달이다.

"야, 이 녀석들아. 이 시계 어떠냐? 응? 근사하지? 자, 한번 차고 이리 와 봐라."

그러고 보니, 시계가 생각보다 싸긴 싸더라.

아— 가버린 시간의 세월 탓인가.

어릴 적엔 감히 손목시계를 가져본다는 것을 상상도 못하면서 자랐던 애비는 어느새 내 자식들이 시계 정도는 대수롭지 않은 장난감 정도로 알고 지내는 세상에 살고 있는 것인가? 이것도 애비의 가정교육이 부재한 때문인가?

한편으로는 부아가 치밀고 한편으로는 자책감에 슬그머니 목침을 끌어당겨 눕고 보니 벽시계가 보인다. 이 방, 저 방, 마루 온통 시계… 시계다.

참말로 흔해빠진 시계, 시계다.

(1989.)

고스톱

얼마 전 나는 팔자에 없는 남의 결혼 주례를 서 본 일이 있다.

주례라는 위치가 가정적으로는 흠결이 없고 사회적 지위와 경륜도 있고, 나이도 지긋하여 많은 사람들의 존경을 받는 분이 맡아 보는 것이 옳은 일일진대. 새 장가를 들어도 곧이들을 법한 나이인데다가 그 흔한 통·반장 한 번 해본 일조차 없는 미천한 내가 언감생심, 누구의 주례를 서고 어쩌구 할 위인이 못되는 줄은 부탁하는 편에서 더 잘 알 일이로되 굳이 주례를 부탁하는 까닭은 그가 워낙 사고무친한 탓이리라.

수십 번 사양하다가 나중에는 정색을 하며 누굴 놀리는 거냐고 화도 내보았지만, 이 사람은 막무가내다. 한편으로는 지치고 또 한편 생각하면 오죽했으면 나처럼 부족한 사람에게 일생에 한 번 있는 결혼식 주례를 부탁할 것인가 하는 마음이 들어 못 이기는 체 응낙을 해 버린 거다.

받아 놓은 날은 빨리도 오는가. 결혼 날짜가 되어 식장에 가기는 했으되 주례석에 들어가는 것이 꼭 도축장으로 가는 소[牛] 심정이다.

식순에 의해 성혼선언문 낭독을 마치자 사회자는 눈치도 없이 주례사를 강요한다. 등에 한줄기 뜨거운 바람이 지나고 숨은 차오르는데 용 뺄 재주가 없다.

내침 김에 에라 모르겠다, 두 눈을 질금 감고 이렇게 서두를 꺼냈다.

"이 자리에 서 있는 신랑신부 두 사람은 고·스톱(Go·Stop)을 잘하는 부부가 되십시오."

그렇지 않아도 주례치고 너무 젊어 보인다고 웅성거리며 쑤군대던 하객들이 호기심어린 눈으로 쳐다보는 중인데, 주례라는 사람 입에서 대뜸 나온 제일성이 고·스톱 잘 하는 부부가 되라고 하자 장내는 아연 긴장감이 감돈다.

"저 녀석이 누구 잔치를 망치려고 작심을 한 것인가. 그렇게 꽁무니를 사리던 주례를 억지로 맡겼더니 무슨 억하심정으로 못된 말을 씨부렁대는 건가."

여차하면 저 미친놈 당장 끌어내라고 아우성칠 기세다.

"그렇습니다. 고·스톱을 잘하는 부부, 제가 이 자리에서 말씀 드리려고 하는 고·스톱은 요즘 시중에 열병처럼 번져있는 마흔 여덟 장짜리 그림책으로 하는 고·스톱이 아니라, 사람이 사람으로서 하여야 할 일, 가야 할 길은 고(Go)하고, 해서는 안 되는 일, 가서는 아니 될 길은 단연코 스톱(Stop)하는 지혜와 행동의 고·스톱을 잘하라는 말씀이외다."

여기까지 이야기를 하고 신랑을 슬쩍 내려다보니 크게 어깨 숨을 내쉰다.

'그러면 그렇지' 안심하는 눈치다.

그렇다. 그리고 보니 요사이 우리 주변에는 너무 고스톱을 모르는 사람이 많다. 듣기로는 미국에서 맨 처음 국민학교에 입학하면 이 고와 스톱부터 가르친다고 한다.

길을 갈 때 파란불이 켜지면 고(Go)하고 빨강불이 켜지면 스톱(Stop)을 한다.

고는 가기는 가되 싫으면 가지 않아도 된다. 임의적이다. 엿장수 마음대로다. 그러나 스톱만은 꼭 지켜야 한다. 강제적이다. 가서는 안 된다.

이렇게 가장 기본적인 고스톱의 생활규범부터 가르치는 미국의 교육이야말로 산교육이 아닌가 싶다.

우리는 어떤가. 정작 고하여야 할 일은 잊어버리고 스톱하여야 할 일은 오뉴월 날파리가 등잔불에 꾀듯 한다.

아침에 배달되는 신문을 펴 들기가 겁나는 요즈음이다.

아들·딸들과 텔레비전을 함께 보기가 민망하다.

시아버지가 화장실 청소를 하란다고 "당신은 손이 없소 발이 없소" 하면서 대들어 두들겨 패는 며느리, 술 먹고 행패를 부린다는 이유로 잠자는 남편을 방망이로 쳐서 때려 죽였다는 아내의 이야기, 용돈을 주지 않는다고 늙은 아버지를 마당 가운데 패대기질 치는 패륜아, 참으로 스톱하여야 할 일들만이 홍수처럼 넘쳐난다.

착하게 열심히 사는, 하루 품팔이 아저씨가 도시락 하나에 의지하고 하루 종일 공사판에 나가 고(Go)하고 일당 돈 십만 원 벌기가 어려운가 하면 손가락 하나 까딱하지 않고 스톱(Stop)하여야 할 부동산 투기로 하루아침에 몇 억을 챙기는 복부인이 병존(並存)하는 이 사회는 분명 고·스톱에 이상이 생긴 전광판임에 틀림없다.

하늘에 떠있는 태양은 수억만 년을 두고 동쪽에서 떠서 서쪽으로 지는 법을 어김이 없었고, 물은 낮은 곳에서 높은 곳으로 흐름을 본 일이 없건만, 어찌하여 백년을 채우기 어려운 우리 인간들은 이다지도 고·스톱에는 어둡고 서툴단 말인가.

고·스톱 잘하는 사람과 만나고 싶다.

(1990.)

인연의 뒤안길을 서성이며

　중생을 인과 연에 의하여 생멸(生滅)한다고 말하는 불가에서는 인연(因緣)을 이렇게 비유하고 있다.

　망망대해에 공이 뚫린 널빤지 한쪽이 둥둥 떠가고 있다. 이때 300년 묵은 바다거북이가 숨을 쉬기 위해 해변에 목을 쑥 내미는 순간 떠가던 널빤지의 공이 속에 목이 낀다. 300년 된 거북이와 널빤지 공이의 만남, 이것이 인연이란다.

　인연을 맺고 사는 것이 지극히 어렵다는 것을 상징적으로 드러낸 이야기이련만 사람 사는 것이 아침 먹고 저녁 잠자리 드는 것처럼 늘 그렇고 그런지라 맺고 지내는 인연들을 별로 대수롭지 않게 흘려보내고 만다. 따지고 보면 인류가 지구상에 숨소리를 내고 지내온 지 수억 만 년. 그리고 수십 억의 인구가 바글바글한 가운데에도 좋건 나쁘건 알고 지내는 인연을 맺은 숫자라야 극히 적은 수일지니 이 또한 우연으로 치부하기엔 너무 안일한 운명의 만남, 인연이 아닐까?

　마지못해 찾아왔다가 바쁘게 돌아가 버리고 마는, 하지 무렵의 짧은 여름밤처럼 그렇게 스쳐가는 인연이 있는가 하면 아침 이슬처럼 투명하고 밤하늘의 별처럼 탄력 있게 반짝여서 싫증을 모르고 늘 허기지게 그리워지는 인연도 있다.

사랑하면서도 어쩔 수 없는 걸림 때문에 가슴 아픈 연민만을 간직한 채 절망을 함께 안고 그리움의 비늘을 한 잎 한 잎 떼어내면서 망각으로 잦아드는 아프고도 슬픈 인연을 가진 젊은이들을 볼 때면 안쓰럽기 짝이 없다.

어쩌다 알게 된 인연이 화근이 되어 빚보증을 서게 되고 이로 인해 패가망신하는 사람이 어쩌면 좋겠느냐고 발을 동동 구르며 상담을 호소할 때는 같이 걱정을 하면서 안타까워지는 경우도 있다.

지난 정월에는 사범학교를 졸업한 지 30년이 되는 반환갑(半環甲) 기념 모임을 완주에 위치한 대둔산 관광호텔에서 가진 일이 있다.

전국 방방곡곡에서 민들레 씨처럼 흩어져 살면서, 죽었는지 살았는지 소식조차 모른 채 제각각 제 바쁜 삶 속에서 세월만을 축내던 동창들이 소리 소문 없이 하나 둘 얼굴을 내밀 때마다 잡은 손을 더 꼭 잡으며 시간 가는 줄도 모르고 이야기꽃을 피우면서 긴 겨울밤을 하얗게 지새웠다.

만나는 반가움, 살아 있었음을 확인하는 기쁨이 사그러드는 불꽃처럼 잦아든 밤도 깊어질 무렵, 어스름 달빛에 비친 잔설이 녹지 않은 대둔산을 바라보며 나는 문득 까닭모를 슬픔에 목이 잠겨야 했다.

돌이켜 보면 쥐구멍으로 소를 내몰 듯이 앞만 보고 살아온 반평생, 이제 오십의 고개턱을 허우적거리며 넘어서서 지나온 시간과의 결별을 못내 아쉬워하며 서로가 서로를 확인해 볼 때 잔잔한 시선이 머무는 곳엔 인생의 훈장처럼 각인된 이마의 골 깊은 주름살, 그리고 세월이 스며들어 새치라고 얼버무릴 수만은 없는 귀밑의 흰머리가 덧없어 보이기 때문이었을까?

푸르게 기억되는 학창시절의 아스라한 꿈들을 추억이라는 곳간에 간직하는 그것만으로 자족(自足)하기엔 너무 허전한 그 무엇이 밀물처럼 스며든다.

대부분이 그리 넉넉하지 못한 가정형편으로 어렵사리 학교를 다녔고, 그래서 어둡고 추운 저편에 자리매김했던 학창시절을 보냈으련만 겨울을 이기고 초여름에 꽃을 피워 올린다는 인동초(忍冬草)처럼 슬픈 흔적을 지우고 참는데 힘쓰며 따뜻하게 살아온 훈훈한 이들의 모습에서 나는 문득 삶의 먼 곳을 응시하는 측은하도록 순한 사슴을 떠올렸다.

그렇다. 동창이라는 인연으로 맺어진 이들은 속절없는 계절과 나이테가 지나고 지났건만 슬프게도 무게가 실린 지친 삶의 짐을 애써 외면하면서 지난날의 아름다운 추억의 우물만을 두레박질하고 있지 않은가.

왜, 나는 때로는 인연을 맺고 사는 다른 사람들의 삶에 더운 관심을 보이고 강한 도전과 시련으로 점철되는 투쟁의 충동을 느끼면서 조금은 활시위의 팽팽한 긴장과 소용돌이치는 가운데 내동댕이쳐지는 자신의 삶을 가지고 싶어 하면서도 내면의 한 구석에는 늘 이렇게 약하고 여린 슬픔의 침잠된 감성을 갖는지 쑥스러울 만치 의문스럽다.

이제는 더한 시간이 지나고 세월이 흐를수록 젊어서 가졌던 총기는 흐려지고 맑은 눈빛은 피곤에 지쳐 그 빛을 잃어갈 것이 불 보듯 뻔한데, 물속에서도 물에 젖지 않는 연꽃처럼 서로가 서로를 감싸주는 우정의 꽃을 가꾸어야 할 때가 아닐지.

기왕에 맺어진 친구의 연(緣)일진대 60이 넘고 70이 넘어서 품안의 자식들조차 제각각 제 갈 길을 찾아 둥지를 떠났을 때 살 속 깊이 박혀오는 외로움을 달랠 수 있는 것은 어려서부터 흉허물 없이 지내온 마음 편한 친구들뿐일 것 같다.

나는 이들과의 좋은 인연의 꽃을 눈이 부시도록 현란한 장미보다 더 소중히 간직하고 싶다.

(1993.)

10분의 여유

'5월 13일 오후 5시 30분 리용역 광장에서'

그가 그녀의 전보를 받고 파리를 출발하여 리용역에 도착한 것은 정확히 오후 5시 40분. 약속보다 10분이 지난 시간이었다.

목적지까지의 장거리 여행, 그 날의 세찬 비바람, 더욱이 가난한 그가 기차를 타고 오리라는 것을 누구보다 잘 아는 그녀가 예정시간보다 10분 정도 늦게 도착한다고 해서 약속 장소에서 기다리지 않으리라고는 그의 상식으로는 상상조차 할 수 없는 일이었다.

넓은 역 광장, 억수처럼 쏟아지는 비 때문에 오가는 사람이 없어 을씨년스럽도록 더 넓게 보이는 역 광장에서 그는 손바닥 크기만 한 우산을 받쳐 들고 그녀가 나타나기를 기다리고 있었다.

그의 바지와 구두는 이미 비에 젖어 있었지만 그의 얼굴에는 기쁨과 기대에 부푼 평온이 깃들어 있었다.

그러나 10분 또 10분 그리고 30분이 지나면서부터 초초해지는 그의 모습을 엿볼 수 있었다.

'그녀는 틀림없이 올 사람이다. 그렇다면 혹시 무슨 돌발 사고라도

발생한 건 아닐까? 사전 연락조차 없이 약속을 어길 사람은 아닌데―.'

역 광장의 한 구석에 비켜 서 있는 주유소의 주인이 유리창을 통하여 한가한 시선으로 그를 쳐다보면서 중얼거린다.

"웬 미친 녀석! 비를 피할 생각도 없이 저렇게 서 있는고."

한 시간이 더 넘게 기다린 그는 마침내 체념한 듯 고개를 숙이고 무거운 걸음으로 자리를 뜬다.

미련을 버리지 못한 그는 혹시나 하는 마음으로 공중전화부스에서 그녀의 집으로 전화를 해 본다.

놀랍게도 그녀는 그 시간에 집에 있었다.

그리고 태연하게 대답한다. 5시 30분 자가용을 타고 역 광장을 지나면서 보니까 그가 나타나지 않았기에 그냥 집으로 왔노라고.

순간, 그는 진정으로 사랑했던 그녀에 대한 순정과 믿음이 무너져 내리는 아픔과 배신과 분노에 치를 떨며, 마침내 단 10분을 기다릴 가치조차 없도록 그녀에게 비쳐진 자기 자신의 초라한 실상을 뒤늦게 깨닫고는 가슴 저미는 통곡을 씹으면서 어둠속으로 사라진다.

10분의 시간이 시사하는 바를 함축성 있게 이야기하는 영화의 장면이다.

얼마 전 군산시 교육자 대회가 있던 날이다.

공교롭게도 그 날, 대만에서 온 손님들을 공항에서 환송하고 급하게 대회장소인 군산대학교 강당에 도착하니 식은 이미 시작되어 있었다.

10분이 늦은 거다.

나는 맨 뒷좌석 어느 선생님 곁에 조용히 앉아서 누군가의 식사를 듣고 있었는데 단상에 계시던 지인이 나를 단상으로 끌고 간다.

여기가 좋다고 몇 번을 사양했으나 그의 고집도 대단하여 어쩔 수 없이 단상의 맨 끝자리에 엉거주춤 궁둥이를 붙였다.

단 아래 있던 선생님들이 일시에 불의의 침입자인 나에게 시선이 집중한다.

얼굴이 화끈하고 등줄기에 한줄기 더운 바람이 지나간다.

10분만 일찍 도착할 수 있었더라면 하는 아쉬움이 들고, 이럴 줄 알았으면 차라리 이 자리에 오지 않는 건데 하는 후회감에 갈피를 잡지 못하고 있는데, 엎친데덮친 격으로 사회자는 내 의사와는 아랑곳없이 "지금부터 군산시 출신 도교육위원이신 최정욱 위원의 축사가 있겠습니다." 하고 안내방송을 하는 게 아닌가.

미처 사전준비가 없던 나는 당황하였고, 당황하다 보니 조건반사적인 행동으로 얼떨결에 연단 앞으로 나섰던 듯싶다.

호랑이에게 물려가도 정신을 차려야 하는 법이거늘 제 정신없이 많은 사람 앞에 섰으니 실수는 자명(自明)한 이치, 이 때부터 연속 실수를 하게 된다.

칼릴 지브란이라는 사람은 "모든 인간관계는 사원의 기둥과 같아서 너무 가까워도 혹은 너무 멀어도 무너져 내린다"라고 말했습니다.

요사이 사정개혁의 회오리 속에서 알 만한 사람은 다 아는 사람들이 줄줄이 교도소 여행길에 오르내리고 있습니다. 그것은 잘못된 사람들과 너무 가까운 인간관계를 맺었기 때문이 아닌가 싶습니다.

근래 장학사님들께서 학교를 방문하여 부교재 채택여부를 확인하고 선생님들이 보는 앞에서 학생들의 가방을 뒤지는 안타까운 일이 일어났다고 합니다. 이런 불신 속에서 무슨 교권이 확립될 수 있겠으며 —어쩌구— 이후로는 뒤죽박죽이다.

고삐 풀린 망아지처럼 좌충우돌, 중언부언하다가 연단을 내려왔다.

아—, 10분의 여유만 있었더라면, 생각을 정리하여 조리 있게 말할 수 있었을 텐데—.

이때처럼 10분이란 시간이 귀중하게 느껴져 본 적은 드물다.

그렇다. 10분의 여유.

영화에서는 그녀가 10분의 기다림만 있었더라면 한 남자의 가슴에 못을 박는 원망을 심어줄 리 없었을 것이고, 10분의 여유만 가졌더라면 건널목에서 자주 일어나는 열차와의 충돌사고를 막을 수 있었을 것이고, 10분의 여유만 있었더라면 대학입학 수험생이 교실에 들어가지 못하여 발을 동동 구르는 안타까움이 없을 것이고, 10분의 여유만 가지고 생각을 달리 해본다면 끔찍한 살인사건도 발생하지 않을 것이다.

나는 10분의 여유를 갖는 넉넉한 삶을 누리는 조그만 소망을 갖고 싶다.

(1993.)

취미

언제부터 유래된 것인지는 알 수 없으되 규격화된 이력서 양식(樣式)에는 취미란(欄)이 있고 대부분의 사람들은 이 난을 독서라는 말로 채워 놓는 경우를 본다.

독서는 책을 읽는 일이 아닌가.

내가 곁에서 지켜본 직장동료였던 L씨는 책을 읽기는커녕 신문조차도 대강대강 큰 제목만 훑어보고는 내팽개치는 형국인데도 이력서의 취미란(欄)에는 얼굴색 하나 흐리지 않고 독서라고 큼지막하게 써 넣은 것을 보고는 절로 나오는 웃음을 금할 수 없었다. 아무리 후한 점수를 주어도 L씨와 독서와는 절로 어울림이 없는 탓이다. 생각난 김에 취미(趣味)가 무언가 하고 사전을 들춰보니

① 정취를 이해하고 감상할 수 있는 힘(taste)
② 본업 외의 즐기는 일, 전문적인 필요로 하지 않는 독서, 서도, 음악, 수예 따위(hobby)
③ 좋아서 하는 일(Interest)이라고 되어 있다.

그렇다면 나의 취미는 무어라 할 수 있을까. 취미라는 것도 연령과 처해진 환경, 위치에 따라 변하는 모양이다.

어려서 취미는 내 손으로 양지바른 언덕 위에 조그만 집은 짓고 사는 상상을 해보는 거였다. 비록 작을망정 꼭 온실이 딸린 집을 지으리라.

여름 저녁노을이 질 때쯤이면 각종 화초와 수목이 어우러진 온실에 물뿌리개로 물을 주는 내 곁에 사랑스런 아내가 아들의 손을 잡고 웃으며 서 있고 은백의 백설이 푸짐한 겨울에는 햇볕조차 인심 후하게 찾아 드는 온실 안에서 난로 위의 물 끓는 주전자 소리를 음악처럼 들으며 책을 읽고 사색에 잠겨 보는 그런 상상을 해 보는 것이 취미가 된 적이 있다.

실제로 나는 내가 좋아서 ≪아름다운 집≫이라는 서너 권의 주택설계 전문서적과 인테리어에 관한 수권의 책을 탐닉해 읽어 본 적도 있고 겉보기 그럴듯한 집들을 찾아다니며 카메라에 담아 보기도 했지만 아직 마음에 드는 집을 지어 볼 엄두는 내보지 못했다. 꿈은 꿈으로 그치는 건가. 온실 달린 언덕 위의 집은 고사하고 닥지닥지 쌓아 놓은 성냥갑처럼 숨 막히게 들어찬 아파트의 좁은 공간은 몇 개의 화분조차 이리저리 옮겨 놓기 힘들 만큼 한심스럽다.

원래 A.P.T라는 주거공간에서 키가 큰 목근류의 화훼를 기르며 감상하기는 적합하지 못하다. 자연히 기르는데 크게 면적을 차지하지 아니할 것들을 챙기다 보니 어느새 난(蘭)쪽으로 마음이 기운다.

처음에는 양란 쪽을 무턱대고 사 모았다. 양란의 화사한 꽃빛깔이 좋았고 한번 피었다 하면 비교적 오래 가는 게 좋았다. 양란은 향기가 없음이 옥에 티다. 하기야 요염한 자태에 향기마저 있다면 그 오만함을 어쩌려고.

그런데 어느 때이던가. 명주실처럼 가느다란 꽃술 대롱을 힘겹고 버겁게 지탱하면서도 피어나는 동양란 사계대륜(四界大輪)을 본 후부터는 동양란에 더 끌림을 어쩌랴. 칠갑산 노래에 나오는 콩밭 매는 아낙의 모습이 저럴까.

양란처럼 화사하지 않으면서도 처염하도록 은은하게 온 방안을 휘도는 향기에 어찌 취함이 없을 수 있으며 얼핏 연약한 듯하나 날렵하게 창공을 박차고는 시치미 뚝 떼고 살포시 아미 숙인 난 잎의 청초함에 반하지 않을 수 있으리.

이제는 아침에 눈을 뜨면서 베란다에 나가보고는 30여 개의 많지 않은, 그래서 내 눈 때가 묻은 난분을 살펴보는 것이 첫 일과가 되어 버렸다.

아내는 처음부터 화분 가꾸는 것은 별로로 여기더니 근래에는 아예 슬그머니 그 자리는 내 몫으로 밀어낸다.

나는 몇몇의 난 이름을 제외하고는 그 이름들을 잘 모른다. 허나 이름을 알고 모르고가 그리 대순가.

난 기르기는 쉬운 일이 아니다.

난은, 너무 관심을 가지고 치근덕거리는 일도 미워하고, 그렇다 하여 너무 무관심해도 싫어한다. 대범한 듯 넘어가면서도 예민하게 관찰하고, 따뜻한 눈길을 고르게 건네주어야 한다. 말 못하는 식물이라고 아무렇게나 생각하는 건 큰 잘못이다. 그들과 마주 앉아서 잠시라도 무언의 대화를 나누면서 난 잎을 어루만져 보라.

어쩌다 지인의 댁이나 사무실을 방문했을 때 혹은 관리를 잘못하였거나 정성 부족으로, 혹은 무식의 소치로 죽어가는 난을 볼 적이면 안타까운 심사를 금할 수 없고 그런 날은 돌아와서도 마음이 개운치가 않다.

나는 또 우표와 화폐 수집에 취미가 있다. 이런 것도 취미 속에 들어갈지는 모르겠으되 어쨌든 우표는 우취동우회에, 화폐(주로 동전이나 기념주화)는 화동양행의 코인클럽회원으로 가입하여 손쉽게 수집하게 되는데, 나같이 게으른 사람이 수집하기는 안성맞춤의 방법이긴 하나 마음에 드는 좋은 작품을 얻기 위해 필사의 노력을 경주하는 끈질긴 프로 근성이 없는 게 아쉽다. 나는 구해지면 좋고 못 구하면 못 구하는 대로 그냥 포기하는 형이니 말이다.

화폐 수집은 다소 경제적 부담을 감수해야 하는 단점이 있으나 우표 수집만은 큰 부담 없이 할 수 있는 좋은 취미라고 생각되어 주위에도 권하고 있다.

영국의 우편 사업 개척자로서 우편의 아버지로 불리는 로랜드 힐 경에 의하여 1840년 5월 6일 세계 최초의 우표가 탄생한 이래 많은 사람들이 우표 수집에 지대한 관심을 가져 왔거니와 우표 수집은 수집 그 자체로서의 재미는 물론 이를 정리 보관하는 동안 다시 한 번 우표를 보면서 정치, 경제, 사회, 문화, 역사, 풍속, 습관, 동식물의 생태, 예술세계의 여행 등에 대해 본인도 모르는 사이에 많은 지식과 지혜를 알게 된다는 장점이 있다.

미국의 32대 대통령이었던 프랭클린 D 루즈벨트 대통령이 그의 회고록에서 "나는 우표에서 얻은 지식이 학교에서 배운 것보다 크다."고 술회한 점은 한번쯤 음미해 볼만 하지 않은가.

취미가 많다는 건 어찌 보면 뚜렷한 취미가 없다는 말도 되겠다. 허나 취미가 많건 적건 자기가 좋아하는 일은 힘들지도 아니하고 즐겁기만 한 것이 아닌가. 자꾸 각박해지는 세상살이 속에서 작지만 큰 기쁨을 주는 취미 한 가지쯤은 지니면서 살아가는 사람들과 자주 만났으면 싶다.

(1993.)

따봉

태초에 에덴동산에서 이루어진 아담과 이브의 만남은 어떤 모습이었을까?

만남의 인연— 따지고 보면 한 평생을 살아가는 동안 우리는 시계추 마냥 하고 많은 사람들과 만남과 헤어짐을 반추하면서 서성이는 세월을 사위어 가고 있습니다.

때로는 잠시 동안 가졌던 만남의 인연이 시간이 지나고도 평생의 기억 속에 자리매김하는 깊은 흔적을 남기는가 하면 많은 시간을 한 근무처에서 같이 지내온 사이였건만 헤어지면서 이내 기억의 저편으로 지워져 버리고 마는 어설픈 만남의 인연도 있습니다.

인기척 없는 침묵 속에서 어둠을 비집고 여명이 찾아들 때 이불자락을 밀치고 일어나 산으로 접어드는 오솔길을 따라 오를 때, 서로가 앞서기를 사양하며 양로(讓路)하는 낯익은 얼굴들과의 건강한 새벽 만남은 하루를 상쾌하게 열어줍니다.

출근길 아침 pavement를 한 박자 간격으로 투명하고 경쾌하게 울리면서 지나가는 젊은 아가씨가 창조하는 리드미컬한 하이힐 소리와의 만남이 또한 내 귀를 즐겁게 합니다.

이런 날은 지천명(知天命)의 나이조차 잠시 잊은 채 괜스레 스프링처럼 튕기는 스스로의 젊은 착각에 빠져드는 주책도 부려 봅니다.

흔히들 만나고 싶은 사람은 만날 수 없어 괴롭고 만나기 싫은 사람은 만나서 괴롭다고들 하지만 만나고 싶은 사람은 만나서 즐겁고 만나기 싫은 사람은 만나지 않아서 즐거워졌으면 좋겠습니다.

연전 태국의 수도 방콕을 방문했을 때는 깨끗한 정치를 내세워 '미스터 클린'이라는 별명을 얻고 있는 잠룡 스리무앙 시장을 만나보고 싶었으나, 기회를 얻을 수가 없었습니다.

유감스럽게도 그 시간에 그는 한국의 가나안 농군학교에서 수업중이라는 이야기를 들었습니다. 그때의 서운함이란 말할 수 없을 정도였습니다.

요하네스 브람스라는 음악가는 14년의 연상에 여덟 아이의 어머니이자 스승의 아내인 슈만 클라라를 순정을 바쳐 사랑하면서 독신으로 살다 죽었다고 합니다. 동화같이 보드랍고 아름다운 이 이야기를 들었을 때 두 사람이 겪어야 할 고뇌가 어떠했을까 하고 그 만남의 인연이 큰 쓰라림의 아픔으로 남의 일 같지 않게 내 가슴속에 화살처럼 박혀 왔습니다.

나는 사람과의 만남에 익숙한 편이 아닙니다. 원래가 사교적이지 못하고 소심한 탓도 있지만 어쩌다 낯선 만남의 인연을 가진 사람 사이가 낯익어 스스럼없이 지낼 만한 즈음, 어떤 연유로 얼굴을 붉히며 헤어지는 경우가 생길 때 얼마나 스산스럽고 허탈할 것인가.

만남의 기쁨보다 헤어질 때의 더 큰 배신과 공허가 두려운 어리석은 지레 걱정으로 사람의 만남에 주저하고 만남의 인연을 갖기에 인색한 편입니다.

평소에 절친한 듯 보였던 사람이 어쩌다 조그만 실수로 옹색한 처지에 처한 친구를 보고는 마치 메주를 짓밟듯이 비난의 포문을 홍수처럼 쏟아낼 때는 차라리 모르는 남남 사이였다면 덜 속상해질 수도 있었으련만 하는 안타까운 아쉬움을 겪은 경험이 있는 사람은 이해가 갈 것입니다.

조금은 어리숙하게 보이는 사람, 그래서 설혹 상대방이 계면쩍은 실수를 하는 일이 있어도 그것이 고의가 아님을 알아차리고는 오히려 티 없는 싱거운 웃음으로 뒷머리를 긁으며 이를 지워내는 넉넉한 마음을 가진 사람과의 만남이 그립습니다.

800년을 살다 죽었다는 전설 속의 팽조는 우물을 들여다 볼 때도 자기 몸을 끈으로 매달아 자손들에게 잡고 있으라 했고 바람이 불거나 비가 올 때는 절대 밖에 출입을 하지 않았다고 하니 풍불출 우불출(風不出雨不出)하던 이런 사람과의 마땅찮은 만남은, 인연을 맺었다는 사실 자체가 얼마나 답답하고 거북살스러운 일일까 고갯짓을 해 봅니다.

때에 따라서는 풀 먹인 창호지처럼 팽팽한 긴장감이 감도는 삶 속에서 설정된 목표를 향해서 한눈팔지 않고 줄달음치기도 하는가 하면 어느 날 훌쩍 배낭 하나만을 어깨동무한 채 낙엽을 밟으며 고독한 사색을 찾아 나설 수도 있는 밝은 신념, 그리고 조금은 슬픔기가 감도는 감정을 가진 소박한 사람들과의 만남의 인연을 가졌으면 합니다.

이런 말이 있습니다. 로맨티스트는 사랑하고, 리얼리스트는 결혼하며, 휴머니스트는 사랑과 결혼을 중재한다고 했던가.

나는 딱히 손가락으로 짚으라고 한다면 그 중에서도 휴머니스트와의 만남을 인연으로 하고 싶습니다.

갑자기 만나도 호들갑스럽도록 놀라움이 없고 오랫동안 멀리 떨어져 있어도 어제 헤어져 다시 만나는 친구처럼 낯설지 않고 편한 사람, 멍한 하루의 권태가 스멀거릴 때 문득 만나보고 싶은 강한 충동을 느끼면서 갓 잡아낸 싱싱한 활어처럼 생동감을 느낄 수 있는 그런 사람, 그래서 집 밖이 저승이라는 살벌한 이 현실 속에서도 맑게 열린 창문을 활짝 펴 보일 수 있는 따뜻한 온기가 있는 사람과의 만남. 나는 이런 인연의 만남을 '따봉'이라고 생각합니다.

(1994.)

술 이야기

술을 입에 댈 줄 아는 사람치고 술로 인한 실수를 단 한 번도 하지 않았다고 큰 소리 칠 수 있는 사람이 있을까. 모를레라. 술을 좋아하는 범속한 내가 입에 술을 댄 지도 반백년이 되니 술로 인하여 빚어진 실수를 말하라면 밤을 새워 얘기해도 끝이 없을 것 같다.

그러니까 지금부터 사십여 년 전, 내 나이 이십대 중반, 첫 발령을 받은 지 얼마 되지 않은 초임시절의 일이다. 그날도 직원들과의 저녁 회식자리에서 거나하게 마셨으면 그냥 귀가했으면 좋았으련만, 이런 경우 "한잔만 더 할까?" 하고 유혹하는 선배가 있기 마련이고, 마음 약한 나는 그런 선배의 유혹을 뿌리치지 못한다. 2차가 3차가 되고 이내 고주망태가 된 후에야 어떻게 일행과 헤어졌는지도 모르고 혼자 걸어갔고 걷다 보니 그곳이 다가동파출소 앞이다.

아뿔싸, 그런데 왜 하필 그곳, 파출소 앞을 통과하는 시점에 묘하게도 소변을 보고 싶은 생리현상이 발동했단 말인가. 참았어야 했다. 아님 잠깐 그 곳을 벗어나서 일을 보았더라면 좋았을 것을 그냥 파출소 앞에서 바지춤을 내리고는 실례를 해버리고 말았으니.

노상방뇨를 해 버린 것이다. 노상방뇨도 경범죄에 해당하던가. 두 말 할 것도 없이 파출소 안으로 연행된 것은 불문가지인데, 더욱 가관인 것은 파출소 안에서 내가 부린 추태다.

"당신들이 민중의 지팡이라는 민주경찰이야? 죄 없는 백성을 붙잡아 두게. 판사가 발부한 영장 있어? 내가 참을 수 있는 인내의 한계를 넘어서서 어쩔 수 없이 긴급피난으로 실례를 하였기로서니 이것이 무슨 죄란 말이야. 당신은 몰라 얼마나 다급했으면 그랬는지를."

여기까지는 어떻게 기억을 하겠는데 그 이후는 영 기억이 없다. 아침에 눈을 뜨니 머리는 지끈지끈 쑤시는데 어찌 잠자리가 이상했다. 벌떡 일어나서 주변을 살펴보니 법원 숙직실이 아닌가. 전날 저녁 파출소에서 소란을 피운 것까지는 대충 기억을 하겠는데 내가 어찌하여 법원 숙직실에서 잠을 잤단 말인가? 당직자의 전언에 의하면 파출소에서 "직원이 대취하여 난동을 부리고 있으니 제발 모셔 갔으면 싶다."라는 전갈이 와서 영장담당 대기 차량기사가 데려 왔다는 말을 전해주는데 어찌나 부끄럽던지. 지금도 그 생각만 하면 얼굴이 화끈거린다.

1980년대 중반, 남원지원에서 이태를 근무한 적이 있는데, 당시에는 직원 수라고 해봐야 모두 20여 명에 불과한 단출한 식구이고 또 남원이 어떤 고장인가. 인심이 순후하고 춘향가를 비롯한 판소리가 옛 흥취를 거듭나게 하며 무엇보다도 주객을 유혹하는 선술집이 많은 동네가 아니던가. 지난날을 돌이켜 보면 아마도 그곳 남원에서 근무할 때 나는 가장 많은 술을 마시지 않았나 싶다.

당시 지원장은 곽동헌 님이라고 수원지방법원의 형사 단독판사로 재직 시 유신반대 시위를 벌인 대학생들에게 전원 무죄를 선고함으로써 군부의 미움을 받아 남원지원으로 좌천되어 오신 분인데, 그만큼 강직하고 소신이 있으면서도 부하직원들에게는 더없이 자상한 분이었다. 내가 법원에 근무하면서 가장 존경하는 법관으로 서슴없이 엄지를 세우던 분이다. 그분이 나와는 비슷한 연배인데다가 또한 술을 좋아하여 위아래 없이 술자리를 같이하는 경우가 많았다.

앞서도 살펴보았거니와 남원은 비교적 한적한 시골이고 또 착한 사람들이 많이 사는 고장으로 큰 사건이 별로 없는지라 아침에 출근하면, 그 전날 퇴근 후의 술 자랑부터 시작하는 것이 일과 중의 하나인데, 우리 직원들은 직장과 가까운 남원읍(현재는 남원시) 동충리에 위치한 '판잣집'이라는 옥호의 막걸리 전용 선술집을 주로 이용하였다. 이 판잣집은 말 그대로 눈 큰 사람이 쳐다만 보아도 쓰러질 듯한 초라하고 비좁은 선술집인지라 주머니 사정이 넉넉하지 못한 우리가 퇴근길에 습관처럼 거쳐 가는 곳이었다.

더욱 우리를 즐겁게 한 것은 나이 지긋한 주인아주머니의 넉넉한 인심과 순식간에 안주를 버무려 내놓는 맛깔스런 즉석 향토음식 솜씨였다. 물론 퇴근시간의 출출함도 한몫을 하겠지만 그 분의 손맛은 많은 손님들이 칭찬을 아끼지 않았다. 하루는 막걸리 안주로 무청의 파란 새순으로 빚은 나물을 내놓았는데 그 담백하면서도 고소한 맛을 잊을 수 없어 음식솜씨가 별로인 아내에게 그 아주머니를 찾아가서 한 수 배워오라고 말한 적도 있었다.

술맛 좋고, 안주 좋고, 거기에 주인의 인심까지도 좋은 이 판잣집에서 일어나는 일들이, 그 다음 날 아침 우리 술꾼들의 이야기에서 대종을 이루는 것은 자연스런 이치지만 아무리 술을 좋아하고 상하의 흉허물이 없다손 치더라도 명색이 기관장인 지원장님과 자리를 함께 하기는 많이 망설여지는 게 또한 그 판잣집이었다. 그런데 우리 술꾼들이 자주 나누는 저 유명한 판잣집 이야기가 지원장님에게는 무지무지하게 궁금하고 그런 좋은 자리에 한 번도 모시지 않은 우리가 야속했던가 보다.

가을비가 추적추적 내리는, 한잔 생각이 더 나는 어느 날, 비좁고 어두컴컴한 골방에 모인 우리 일행은 으레 그러하듯이 몇 순배 고개 운동을 하며 기분 좋게 거나해졌는데, 허름한 잠바를 걸친 사내가 우리들이 앉아 있는 구석방의 부엌에 딸린 뒤쪽 문을 슬며시 열면서 고개를 내밀고 우리를 쳐다보는 게 아닌가. 대개의 술꾼들이 그러하듯이 모임의 분위기를 깨뜨리는 침입자에게 관대하지 못한 내가 가만히 있을 리 없다. "뉘-슈? 어디서 많이 보던 사람 같은데…" 볼멘소리를 내지르는데 "앗, 지원장님이시다." 놀란 누가 큰 소리를 쳤고, 이내 우리는 박장대소를 하며 늦가을 상하가 한 타령이 되어 취흥이 도도해진 것은 두 말하면 잔소리다.

술을 좋아하는 탓에 주변의 친구들도 대부분 술을 가까이 하는 사람이 주종을 이룬다. 술을 좋아하는 사람치고 악한 사람이 별로 없다는 게 내 지론이다. 그래서일까. 내가 좋아하는 친구들 모두가 선한 사람들이다. 서로가 술값을 먼저 셈하려고 나서기는 해도 술집에서 나올 때 뒤로 처지면서 구두끈을 다시 매는 등의 약삭빠르고 속 들여 다보이는 사람은 없다.

그러나, 세월의 흐름을 거역할 수는 없고, 음주도 기운에 비례하는 것인가. 날이 갈수록 몸은 약해지고 술발도 더디다. 주변의 술친구들도 하나 둘 줄어들면서 세월의 무상함을 느낀다. 금년에도 이 여름을 넘기지 못하고 두 친구가 태풍과 함께 이 땅을 하직했다.

젊은이의 주태(酒態)는 호기라도 있어 애교로 봐 주기도 하지만 나이든 노인네가 비틀거리며 거리를 지나치는 모습을 보면 추하다. 누가 말했던가. 늙은 남자는 비 내리는 가을날 구두 뒤축에 붙은 낙엽 같은 존재라고. 그렇다. 늙는 거야 어쩔 수 없다손 치더라도 한자리 석잔 술을 넘기지 말고 곱게 늙다가 제 갈 곳을 찾아가자는 게 요즘 내가 술잔을 앞에 두고 염불같이 곱씹는 넋두리다.

(2013. 1.)

어머니를 그리며

어머니는 가셨다.

당신이 그렇게도 좋아하던 백목련이 수줍은 제 얼굴을 채 보이지 않고 칭얼거리고 있는 사이에 쌀쌀한 꽃샘추위를 보듬고 홀연히 가셨다.

가시는 길에는 정(情)조차 거두어가려고 했던가.

전주에서 회의 도중 연락을 받고 부랴부랴 군산 병원에 도착했을 때는 50이 넘어 반백이 된 큰자식은 보기조차 싫으셨던지 눈까지 감고 산소 호흡기에 의지한 채 가쁜 숨만 몰아쉬기 하루를 더하시다가 말씀 한마디 주지 않은 채 그렇게 먼 길을 떠나시고는 지금껏 영영 무소식이시다.

어릴 적 그토록 사랑을 주던 자식이었건만 매몰차게 도리질하면서 가시다니 너무 무정하시다.

삼월의 열하루 날.

어머니는 그렇게 가셨다.

비교적 넉넉한 시골 부농의 둘째 따님이셨건만 시집이라는 전공과

목을 잘못 선택한 죄로 생활력이 별로인 남편과 철없는 칠남매를 거두시느라 평생을 고생고생하시다 먼 길을 떠난 저승길이 얼마나 가파를까를 생각하면서, 이 자식은 늦게야 후회가 맺혀 소리 없는 통곡으로 몇 날 밤을 설쳤다. 차가운 흙더미 속에 누워 계실 것을 생각하면 군불까지도 남이 때어주는 중앙난방식 아파트의 난방이 사치스러워 몇 번이고 덮었던 이불을 들쳐 내고는 망연히 앉아서 옆에서 천하태평으로 코를 고는 아내에게 괜스레 흰자위 많은 눈길을 보내본다.

보릿고개라는 말이 유행하던 때가 있었다.

옛날, 오뉴월이 되면 가을걷이 쌀은 떨어지고 보리는 채 익지 않아서 절량(絕糧)의 가정이 많았거니와 이때 이 세상에서 가장 넘기 힘들다는 고개가 바로 저 유명한 보릿고개이다.

죽고 싶어도 하늘의 명령이 없으니 죽을 수도 없고 죽지 못해 살자니 죽을 지경인 보릿고개에 나는 이 세상에 머리를 내밀었다. 음력으로 오월 초아흐레. 양력으로는 유월의 스무아흐레가 바로 내가 이 세상에 고고(孤孤)의 성(聲)을 울린 날이다.

앞에서 잠시 건드려 보았거니와 원래 아버지께서는 변통이 없고 생활력이 없으신 만큼 살림을 나 몰라라 하였으니 자연 어머니의 고초가 자심하였거니와 이런 와중에 내가 철이 들고부터는 아버지 대신 어머니를 도와드리지 않을 수가 없었다.

열대여섯 때였던가?

그 날도 어머니와 같이 논에 가서 온종일 껄끄러운 보리를 베고 나서 석양을 등받이 삼아 논두렁을 나오는 나를 불러 세우더니 어머니께서 꼬깃꼬깃한 지전 한 닢을 내 손에 쥐어준다.

"가서 너 먹고 싶은 것 사먹고 천천히 집에 오렴."

놀란 내가 웬 돈이냐고 눈으로 묻자 "오늘이 네 귀빠진 날이란다" 하시곤 먼 산으로 고개를 돌리시는데 벌써 그 눈가에 이슬이 아른거림을 아무리 어리석은 자식이건만 어찌 눈치 채지 못할까. 자식의 생일날에도 고된 일을 시켜야 하는 어머니의 가슴 아픔이 말은 없으되 온통 들 가운데 가득하더니. 지금도 그때 그 모습이 선연하거니와 이 글을 쓰는 순간에도 다시 한 번 눈시울이 흐려온다.

어머니께서는 생각이 깊어 별로 내색은 없으면서도 사리판단이 분명해서 비록 작은 시골 마을이지만 동네의 노소가 모두 어머니 말씀이라면 어려워하셨거니와 가난한 가운데에서도 나보다 더 어려운 이웃에게 보인 도타운 인정 또한 자별하셨던 것 같다.

한길 건너 이웃에 '오금식'이라는 내 또래친구가 살고 있었다. 지금은 서울로 올라가서 그럭저럭 잘 살고 있다는 말을 바람결에 듣고는 있지만 만나본 지가 까마득해서 한번쯤 만나보고 싶은 친구다.

이 친구 부모는 노동으로 생계를 유지했는데 그 당시는 굴뚝에 연기 안 나는 날이 연기 나는 날보다 더 많았을 듯싶게 가난하게 살았지만 마음만은 내외가 모두 고운 분들이셨다.

식량이 떨어지면 얌전한 금식이는 어머니께 다소곳이 고개를 숙이고 우리 집 부엌 앞에 말없이 바가지만 들고 서 있었거니와 그 때마다 어머니께서 거절하는 것을 본 기억이 없다.

어떤 때는 뒤주를 긁어서까지 쌀이나 보리를 주어 보내는 일이 있었거니와 한번은 내가 "우리도 없는데 어쩌려고 그렇게 주느냐"고 공박했다가 "오죽하면 우리 집에 왔겠느냐? 말은 아니 해도 이삼 일은 곡기를 끊었을 것이다."라는 말씀에 그 후로는 말대꾸를 할 수가 없었다.

철없던 어릴 적, 나는 무척이나 개구지고 싹수가 노랬던 것 같다.

외가 동네에서 어떤 어른이 말씀하시길 이 동네 어른 중에 나에게 뺨 안 맞아본 사람이 없을 정도란다.

귀엽다고 안아주면 영락없이 귀뺨을 때리거나 수염을 잡아당기며 낄낄대더라니, 그래도 터줏대감 노릇하는 외조부님 체면 때문에 야단을 칠 수가 없었던 모양이다.

지금은 고인(故人)이 되셨지만 '주동천'씨라고, 함석이나 쇠붙이를 가지고는 못 만드는 것이 없을 만큼 손재주가 좋은 분이 계셨는데 한번은 장마 끝에 지붕 손질 차 사다리를 타고 올라간 것을 보고는 내가 사다리를 몰래 치워버렸다. 이분이 내려오면서 사다리의 유무를 확인했으면 좋으련만 여기 있겠거니 지레짐작만 하고는 뒤로 내려오시다가 허방을 짚고 땅으로 떨어지는 바람에 한 달 이상 진 똥물만 마시면서 자리보전을 한 적도 있었다. 이런 망종인 내가 정작 지금 이만큼이라도 사람 구실을 할 수 있었던 것은 단연코 말하거니와 어머니의 인내(忍耐)와 정성(精誠)이다.

나는 중학교에 다닐 때 10리 이상을 걸어서 통학했거니와 한번은 후원 회비를 제때에 주지 않자 마루에 놓인 도시락을 일부러 외면한 채 가방만을 들고 등교한 일이 있다.

교문을 막 들어서려는데 뒤에서 누구를 부르는 소리에 무심코 뒤를 돌아다보니, 아뿔싸 전신주 두어 칸을 상거해서 어머니께서 손짓으로 나를 부르며 허둥지둥 뛰어오고 있지 않은가.

한 손에 들고 있던 그 알량한 도시락을 위로 치켜세우면서—.

못된 자식이 모기 배채기로 일부러 놓고 온 도시락을 점심시간에 허기질 것을 염려해서 10여 리 길을 허위단심 달려온 모정(母情) 앞에는 싹수 노란 자식의 시위도 여름 복날 얼음처럼 무력할 뿐이었다.

한번은 어머니께서 몸져누운 적이 있었다.

내가 한약을 달여 드린다고 부엌 쪽마루에 앉아서 약을 짜다가 그만 실수로 엎지른 일이 있었다.

약탕기에 남아있는 양으로는 너무 부족해서 그냥 드릴 수도 없고, 어찌할까 망연자실 난감해하다가 죽을 꾀를 낸 것이 옛날 주조장에서 막걸리에 물 타듯이 적당량의 물을 더 타가지고는 가져다 드렸다.

"네 고생이 많구나" 하시며 아무 말씀 없이 약을 다 드신 어머니를 보고는 그 일을 모르고 계실 줄로 안심했었는데 수년이 지난 어느 날 무슨 말씀 끝에 그때 일을 말씀하시는 게 아닌가.

약을 가져올 시간이 훨씬 지났는데도 오지 않자 무슨 일인가 하고 창호지 문틈으로 내다보고 알았노라고, 웃으면서 말씀하시는 바람에 홍당무가 된 적이 있다.

잘해보려다 실수를 한 자식이 무안해할까 봐 짐짓 모른 체 하셨던 어머니의 그 크고 넓으신 마음—.

어머님은 가셨다.

당신이 그렇게도 사랑했던 이 자식이 자식 구실을 제대로 하지 못함이 못내 노여우셨던가.

말씀 한마디 주지 않으신 채로 그렇게 가셨다.

그러나 나는 결코 어머니를 보내지 않았다. 그리고 언제까지나 보내지 않을 것이다. 아니 보내드릴 수가 없다.

(2017. 8.)

※ 어머니 생전에 올린 제 4장 편지 글의 일부와 중복되는 내용이 있으나, 어머니 사후에 다시 쓴 글이라 굳이 편집에 넣는다. ─저자

꿈은 사라지고

6·25사변 직후에는 동네 고샅길마다 꼬마들의 전쟁놀이가 유행하였는데 당시 일곱 살이었던 내 계급은 어떤 날은 별 둘인 소장이 되기도 하고, 어떤 날은 작대기 두 개짜리 졸병으로 전락하기도 하였다.

계급이 낮다고 투정을 하면서 놀이를 하지 않는다고 떼를 쓰면 나보다 서너 살 위인 사촌 형은 현장에서 내 계급을 별 하나 정도로는 진급시키면서 달래기도 하였다.

전쟁이 끝난 후 내 꿈은 별 네 개짜리 대장이 되는 것이었다.

초등학교 사학년 무렵인가, 번쩍번쩍 하는 신식 자전거를 타고 양복을 입은 손님이 오시자, 아버지께서는 황망히 뛰어나가 깊이 고개를 숙이면서 인사를 하신다. 옆에서 멀건이 이 광경을 보고 있는 내 머리를 꾹 지르면서 "면장 어른이셔. 얼른 인사 올려라" 하신다. 그리고는 그분의 뒤를 따라 고개 넘어 논두렁길을 안내하는 것을 보고는 내가 이다음에 크면 면장이 되어야겠다는 옹골찬 꿈을 가져 보았다.

중학교 때는 초등학교 교정에서 열린 국회의원 후보자들의 유세를 듣고 나도 의정단상에서 사자후를 토하면서 국민들로부터 절대적 지지를 받는 정치가가 되어야겠다는 꿈을 가지고 웅변을 배우기도 했다. 교내 웅변대회나 관내 주최 웅변대회에 나가 더러 입상을 한 적은 있으나 감히 전국대회 같은 큰 행사에는 명함을 내민 적이 없다. 졸업식에서 송사(送辭)였던가 답사였던가를 한 기억은 있다.

인문계 고등학교에 진학하고 싶었지만, 어려운 집안형편을 아는지라 부모님이 원하시는 대로 사범학교에 입학하고 졸업하였다. 당시 사범학교는 졸업과 동시 곧 바로 초등학교 교사 임용이 보장되어 있었다. 취직이 하늘의 별따기 만큼이나 어렵던 시절인지라, 듣기로는 시골 중학교에서는 전교 1, 2등이 되어야 응시원서를 써 주었다고도 한다.

사실일까? 아니면 과장된 자기도취의 기만일까? 시골 중학교를 다니지 않은 나로서는 알 수 없으되 시골에서 유학 온 자취 동급생들의 자랑을 겸한 자기소개로 얻은 정보다.

1, 2등짜리 두뇌가 좋은 학생들이 입학하였는지는 모르겠으되, 이미 초등학교 교사라는 취직자리가 보장된지라 평소 열심히 공부에 집착하는 친구는 별로 보지 못하였다. 그렇다고 퇴학이나 정학을 당할 만큼 사고를 치는 통 큰 위인도 없었다. 그저 고만고만한 평생 좀생이 선생님들 감이다.

문교부 직속인 사범학교 도서관에는 수많은 장서가 개가식으로 잘 진열되어 있어서 얼마든지 마음대로 열람할 수 있는지라 나는 하교 후 대부분의 시간을 도서관에서 보냈다. 아마도 그때 읽었던 독서의 양이 고희를 넘긴 지금까지의 독서량을 합한 수치보다 많으리라. 그

때 이어령 교수의 〈흙속에 저 바람 속에, 이것이 한국이다〉라는 칼럼을 읽고는 얼마나 흥분했는지 모른다. 세상에, 글자를 모아 가지고 이렇게 사람을 감명시킬 수 있는 좋은 문장을 만들어낼 수 있단 말인가.

나도 유명한 작가가 되어야겠다는 꿈을 가져 보았다.

19살에 학교를 졸업하고 교사발령을 받고 찾아간 첫 부임지는 경기도 안성에 위치한 조그만 시골 학교였다.

서울 가까운 곳에 가서 야간대학이라도 다녀 보고자 한 것이었지만 이루지 못한 꿈으로 끝났다.

다른 사람을 가르치는 것에 익숙하지 못한 내 급한 성격은 직업에 대한 마뜩찮은 기피증이 되어 교사생활 내내 우울하였다.

기왕에 '사'자 돌림의 직업을 가지려면 "선생 똥은 개도 안 먹는다"고 하는데 교사보다는 판사나 검사가 되어야겠다는 꿈을 가져도 보았으나 언감생심, 끝내기는 법무사로 종쳤다.

이제 내 나이 고희(古稀)를 훌쩍 넘기고 나서 되돌아보니 모든 것이 이루지 못한 꿈이 되어 남가일몽(南柯一夢)이다.

"나에게는 꿈이 있습니다. 언젠가 이 나라가 깨어나서 모든 사람이 공평하게 창조되었다는 명백한 이념을 신봉한다는 미국의 신조 안에 깃든 참 뜻 속에서 살아가는 것이 그 꿈입니다."로 시작되는 명연설의 주인공이었던 마틴 루터 킹 목사.

인종간의 차별을 없애고 인종간의 공존을 호소하던 검은 얼굴을 가진 킹 목사는 1968년 3월 30일, 불과 서른아홉의 젊은 나이에 백인 극우주의자의 저격으로 사망하였으나 그가 남긴 인간에 대한 무한한 사랑은 지금까지도 수많은 사람들의 가슴속에 깊은 울림을 주고 있으니 꿈을 가지려면 이 정도는 되어야 하지 않을까 싶건만 범속한 필부에 지나지 않는 나라는 인간은 기껏 어릴 적 가졌던 대장의 꿈은 병장으로 제대를 하는 현실이 되었고, 유명한 정치가가 되어야겠다는 꿈은 동네 목욕탕에서 벗어부치고 앉아 콩 치고 팥 치는 골목 정치평론가로 전락한 지 오래다. 며칠 전에도 바퀴벌레 같은 정치인 한 사람 시원하게 혼내고 목욕탕을 나온 바가 있다.

판, 검사는 아무나 되나, 조상 묘라도 잘 써야지.

위대한 작가가 되겠다는 꿈은 테 굵은 돋보기 쓰고서 시골 김 서방이 논 한 자리 산다는 매매계약서나 쓰고 앉아 있는 대서방 영감이 되었다.

꿈은 사라지고 회한과 아쉬움만 석양 그늘에 드리운다.

다시 한 번 옛날의 그날이 올 수 있다면 얼마나 큰 꿈을 실현하는 다부진 인간이 될 수 있을까? 아마도 그저 그런 타령일 듯싶다. 팔자 소관이다.

(2017. 8. 5)

제 2 장

옳고 그름을
떠나서

고려대학교 교정에서

있을 때 잘해

〈있을 때 잘해〉라는 유행가가 있다.

"있을 때 잘해, 있을 때 잘해, 후회하지 말고 있을 때 잘해."

법정스님이 입적(入寂)하셨다. 나는 그 분을 뵌 적이 없다. 그 분이 써서 베스트셀러가 되었다는 《무소유》라는 산문집도 소유(所有)하지 않고 있다. 따라서 아직까지는 읽어 본 적도 없다.

그저, 강원도 평창 후미진 산골에 스스로 오두막을 짓고 책이나 쓰고 있는 조금은, 괴짜스님정도의 짧은 생각을 가지고 있었다.

그분이 가셨다. 구도 생활을 통하여 얻은 사유(思惟)를 잔잔한 필치로 풀어내어 어리석은 대중에게 큰 감화를 주었다는 것은 그분이 가신 후에야 알게 되었다.

말이 없는 가운데에도 늘 사람의 가슴을 아프게 하는 힘이 있었다는 스님, 모든 것을 버리고 가면서도 "금생에 저지른 허물은 생사를 넘어 참회할 것이다."라고 하신 스님은 본인이 원하던 것처럼 한 줌의 재가 되어 이승을 떠났다. 그 분이 떠나간 후에야 있었던 자리가 너무 커서 그 울림도 크다는 것을 깨달았다. 많은 사람이 안타까워하며 눈물짓는 모습을 지켜보면서 문득 생뚱맞게도 있을 때 잘해야지 하면서 〈있을 때 잘해〉라는 유행가를 생각해 보았다.

중국의 춘추 전국시대 진(晉)나라 땅에 천하 갑부 석숭(石崇)이라는 사람이 있었다. 그는 비록 재물은 많았으나 인색하고 시기심이 많아 주변의 평판은 좋지 않았다. 한 예로 집안에 커다란 살구나무가 있어 많은 살구를 수확하였는데 오기(傲氣)가 많은 그는 다른 사람이 자기네 살구씨를 주워다가 싹 틔울 것을 시기하여 자기네가 먹고 버린 살구 씨에 일일이 구멍을 뚫어 버릴 정도였다고 한다. 시절이 어수선하여 화적떼가 쳐들어오자 화적떼보다도 먼저 그를 잘 아는 인근 마을 사람들에게 죽임을 당하고 가산은 적몰(籍沒)되었다.

당(唐)나라 현종 때 송청(宋淸)이라는 의원(醫員)이 있었다. 그는 연말이 되면 모아 두었던 차용증을 모조리 불 태워 없앴다. 지인(知人)이 그 까닭을 물으니 "해가 바뀌도록 약값을 가져오지 않는 것은 약값이 없거나, 내가 지어준 약을 먹고도 병이 낫지 않은 것일 텐데, 헛된 종이조각을 가지고 있은들 무엇하겠느냐"고 했다. 안록산의 난이 발발하여 세상이 어수선했지만 그는 주변사람들의 도움으로 난을 피할 수 있었다.

석숭(石崇)은 있을 때 잘못하였기 때문에 목숨과 재산을 모두 잃었고, 송청(宋淸)은 있을 때 잘했기 때문에 목숨과 재산을 온전하게 보전할 수 있었다.

언제이던가. 이명박 대통령은 과천의 중앙공무원교육원에서 열린 국무위원 재정전략회의에서 축산업의 발목을 잡고 있는 규제들에 대하여 그 잘못을 지적하면서 이런 예시를 들고 목청을 높인 일이 있다.

"경기도 포천에 있는 한우 농가를 방문하였더니 소방법이 까다로워 축사를 못 짓겠다고 하더라. 소방법에 따라 비상구 표지판을 달지 않았다고 건축허가를 내주지 않는다. 세상에 어느 소가 글을 배워 축사에 불이 나면 비상구 표지판을 보고 도망간단 말인가." "소방서는 시비를 걸려고 하면 거는 것이고 그래서 비리가 생기는 것"이라고 질책했다.

지난 해 4월, 서울의 모 법원에서는 재판과정에서 재판장의 허가도 받지 아니하고 끼어들었다는 이유로 69세의 노인인 원고에게 39세의 젊은 판사가 "어디서 버릇없이 툭 튀어나와 끼어 드냐"고 핀잔을 하자 이에 심한 모욕감을 느낀 원고 노인이 국가 인권위원회에 진정을 하기에 이르렀고 이를 두고 말이 많자, 국가인권위원회는 "법정지휘권도 공복의 지위에 있는 공무원에게 주어진 권한인 이상 이를 국민에게 행사할 경우 인간의 존엄과 가치를 비롯한 기본적 인권을 침해하지 않아야 한다."고 점잖게 판단했다. 말이 점잖은 거지 나무람을 준 것이 아닌가. 그렇다. 이래서 공직자는 평소 그 자리에 있을 때 잘해야 한다.

선거철만 되면 간이라도 빼어줄 듯이 친절하다가도 막상 당선이 되고 나면 언제 보았느냐는 듯이 외면하는 크고 넓은 벽보붙인 이들에게 꼭 한마디 하고 싶다. "있을 때 잘해."

(2010. 3. 22)

글쎄올시다

　우리는 대답하기 어려운 남의 물음에 대하여 자기의 태도를 분명하게 취하지 아니하고 어물어물 할 경우, 곧잘 '글쎄올시다'라는 말을 쓴다.

　사십오 년 전, 내가 사범학교를 다니던 시절에는 가정형편이 어려워 기한 내에 수업료를 납부하지 못하는 학생들이 많았는데, 중간고사나 기말시험이 가까워오면 어김없이 서무과 직원들이 교문 앞에 서서 수업료 납입여부를 일일이 확인하고 미납학생의 출입을 통제하면서 내일까지는 꼭 가져와야 한다는 다짐을 받고 나서도 한 곳에 모아두었다가 수업시간이 임박해서야 가까스로 들여보내므로 넓은 운동장을 가로질러 교실까지 숨차게 뛰어가야 지각을 면하곤 하는 수모와 고통을 주기도 했다. 집안 형편이 어려웠던 나는 이 행사의 단골 멤버 중 한 사람이었다.

　몇 학년 때인가 확실한 기억은 없는데, 이상화의 〈빼앗긴 들에도 봄은 오는가〉라는 시(詩)가 국어시험 문제로 출제된 적이 있었다.

지금은 남의 땅 — 빼앗긴 들에도 봄은 오는가?

나는 온 몸에 햇살을 받고

푸른 하늘 푸른 들이 맞붙은 곳으로

가르마 같은 논길을 따라 꿈속을 가듯이 걸어만 간다.

이 시에서 빼앗긴 들은 무엇인가 하는 문제다

'빼앗긴 들'이라고 하면 "일제에 강점당한 삼천리금수강산, 우리 조국 산하에 대한 안타까움을 은유적으로 표현한 것이다."라고 점잖게 썼으면 좋았을 것을 수업료를 기한 내에 납부하지 못한다고 교문 앞에서 당한 수모, 시험시간에 늦을세라 넓은 운동장을 헐레벌떡 뛰어 온 참담한 심사 등이 교차되어 빈정이 사나워진 나는 답안지에 "글쎄올시다"라고 써 냈다가 국어선생님으로부터 경을 친 일이 있다.

지난 10월 29일 헌법재판소가 미디어법 권한쟁의심판에서 절차의 위법성은 인정하면서도 법안은 유효하다는 절묘한(?) 결정을 한데 대하여 비난의 여론이 거세다.

"오프사이드는 맞지만 골은 인정된다."

"술을 마시고 운전은 했지만 음주운전은 아니다."

"회사자금을 횡령하는 행위는 나쁘지만 돈은 돌려주지 않아도 된다."

"시험에서 부정행위를 한 것은 잘못이지만 점수는 인정된다."

"주가조작은 불법이지만 시세차익은 유효하다."

위의 예시(例示)는 내 생각이 아니라 인터넷에서 떠도는 비아냥 섞인 풍자의 패러디다.

근래에는 세종시 구성 문제를 둘러싸고 여야간 치열한 다툼이 있는데 이를 보고 있노라면 우리 같은 무식한 민초(民草)들은 판단이 아리송해서 '글쎄올시다'를 찾지 않을 수 없다.

세종특별자치시—2002년 9월 30일 노무현 민주당 대통령 선거 후보자가 중앙당선거대책위원회 출범식에서 "한계에 달한 수도권 집중을 억제하고 지역경제 해결을 위해 충청권에 행정수도를 건설하겠다."는 공약을 발표한 것이 씨알이 되어 충남 연기군 일대에 2015년까지 정부부처가 이주할 행정중심복합도시(행복도시)를 건설하겠다고 한 내용이었으나 이명박 정부가 들어서면서 원안과는 다른 목소리가 모락모락 피어오르더니 "세종시는 경제학자인 내 눈으로 볼 때 효율적인 모습이 아니다. 계획한 일이기 때문에 원점으로 돌릴 수는 없지만 원안대로 추진하기는 어렵지 않은가"라고 하는 정운찬 총리의 수정론과 때맞추어 대통령의 "국가 백년대계를 위한 정책에 적당한 타협은 없다."는 발언에 야당과 충청권이 요원의 불길처럼 반대를 하고 있다. 거기에 한나라당의 박근혜 전 대표까지 "세종시 문제는 보태고 뺄 것 없이 원안대로 추진하는 것이 국민에 대한 신뢰이자 약속"이라고 못을 박고 나서는 형국이다. 부엌에 가면 며느리 말이 옳고 안방에 가면 시어머니 말이 옳은 격이니 어리석은 백성들은 누구 말을 따라야 할지 '글쎄올시다'다.

그러나 이 시점에서 숨을 고르고 냉정히 한 번 생각해 보자.

나뭇가지 찢어 나누듯이 중앙에 있는 몇 개 부처만을 작위적으로 이전한다고 해서 과연 인구의 50만의 명품도시, 자족도시가 되고 수도권의 인구분산, 국가균형발전이 이루어질 수 있을까?

가까운 예로 군산을 보라.

시청, 법원, 검찰청, 교육청, 농수협, 상공회의소 등 주요기관이 밀집되어 있는 조촌동은 공무원 퇴근시간과 동시에 상가조차 문을 닫고 시가지는 적막강산이 된다. 정주(定住)의 의사 없는 인구 이동이 가져오는 결과다.

이명박 대통령은 세종시를 명품도시로 만들겠다. 원안대로 추진하겠다고 충청권의 표를 의식한 대선공약으로 한 약속과, 국정책임자가 되고 나서 보는 더 넓고 높은 차원 사이에서 고민하고 있는가 보다.

그렇다면, 약속을 어겼다는 지적에 대하여는 묵묵부답으로 외면만 할 것이 아니라 겸허하게 용서를 구하고 국민과 정치권이 납득할 수 있는 수정대안을 제시하는 것이 올바른 처신이 아닐까.

참으로 '글쎄올시다'이다.

(2009. 11. 23)

6월에 생각나는 일

　자유 월남이 월맹의 붉은 군대 앞에 무릎 꿇고 항복하던 날, 주월 한국군의 한사람으로 월남의 자유와 평화 수호를 위하여 뜨거운 열기에 가득 찬 전선을 누빈 바 있는 필자로서는 자못 착잡한 감회를 금할 길이 없었다.

　민주 맹방이라는 한 이유 때문에 미국이 그토록 많은 재화를 투입했고 우리의 동료들이 고귀한 피를 흘리며 지켜주었음에도 공든 탑이 무너지듯 하루아침에 두 손을 들어야 했던 가장 큰 패인은 어디에 있었던가.

　그것은 한나라의 평화와 안전보장은 그 나라 국민이 지키고자 하는 노력을 스스로 포기할 때에는 아무리 막강한 외부의 원조도 사상누각에 불과할 뿐이라는 좋은 역사적 교훈을 우리에게 남겨주었던 것이 아닌가 싶다.

　6월이 되면 우리는 기억하여야 한다. 김일성을 맹신하는 북한 괴뢰집단이 무력 적화통일이라는 망상에 사로잡혀 침략의 탱크를 앞세우고 동족상잔의 피비린내 나는 6·25사변을 일으켰던 사실을——. 밀고 당기는 3년에 걸친 전쟁의 와중에서 피아간에 1백만의 고귀한 동족의 피는 산하를 물들었고 전 국토는 초토화되었으니, 고요한 아침의 나라에 이보다 더 큰 역사적 망신은 일찍이 기록된 바 없었음을 우리는 기억하여야 한다.

통일 없는 휴전은 원치 않는다는 이 민족의 절규도 외면당한 채 양대 세력국의 타율적인 타협에 의한 휴전이 싱겁게도 성립된 지 어언 60년. 이 땅에서 나고 자란 아직 30미만의 젊은 세대들은 그들의 부형이 겪었던 이 민족적 대 비극을 경험해 보지 못한 청년들일진대 지금도 남침야욕에 혈안이 되어 호시탐탐 기회를 노리며 전쟁준비에 광분하고 있는 저 붉은 악마집단들의 음흉한 술책을 어느 정도나 알고 있으며 155마일 선상에 그어져 있는 3·8선을 경계로 고착화되어 가고 있는 장기간의 휴전을 곧 평화가 안착된 것으로 착각하고 있는 것이나 아닐지 자못 염려스러움을 금할 수 없다. 휴전은 평화가 아님을 우리는 또한 똑똑히 기억하지 않으면 안 된다.

근간 계속된 귀순 용사들의 증언에 의하면 김정은 일당은 세습적 독재왕국건립에 광분하고 있으며 이로 인하여 파생되는 민족의 외면을 만회하기 위하여 더욱 남침극을 꾸미고 있다니 우리는 이럴 때일수록 튼튼한 방위력을 배가하여 코끼리가 쥐새끼 노는 것을 측은하게 바라보듯이 의연하게 대처해 나가야 할 것이다.

6월이 되면 또 하나 할 일이 있다. 이 땅에 태어났기에 이 땅을 지키시다가 큰 별이 되어 하늘나라에 오르신 수많은 순국선열들의 호국정신을 다시 한 번 되새겨보고 깊은 감사를 드리자는 것이다.

이것은 창공에 태극기를 게양하고 자유를 만끽하며 풍요로운 오늘을 사는 우리가 가져야 할 선열들에 대한 최소한의 예절이기 때문이다.

(2017. 6. 13)

이 나라를 떠나고 싶다

필자는 1968년도에, 파월 국군장병의 한 사람으로 월남전에 참전한 경험이 있다.

배가 고파서, 밥이라도 실컷 먹을 수 있었으면…. 전투수당이라고 받아 집에 있는 부모형제들이 끼니라도 해결이 되었으면…. 하는 심정으로 어쩜 죽을지도 모를 전쟁터를 자원하여 찾아갔던 것이다.

그것이 엊그제 같은데 벌써 40년 전 일이다. 오늘날 극소수를 제외한 대부분의 국민이 절대 빈곤의 기아선상에서 헤매고 있다고는 생각되지 않는다. 옛날에 비하면 잘 살고 있는 형편이라면 필자의 편견일까? 그런데도 이 나라를 떠나고 싶다. 희망이 보이지 않는 작금(昨今)의 크고 작은 일들은 실망을 넘어 절망에 가깝다.

엊그제 있었던 LG칼텍스 정유노조가 중앙노동위원회의 직권 중재 회부 결정을 무시하고 전면 파업에 들어갔다는 소식은 우리를 얼마나 우울하게 하였던가.

회사 측 자료에 따르면 지난해 이 회사의 생산직 사원의 평균 연봉이 6,920만 원인데 110명의 인원 보충과 근로 조건의 저하 없는 주 40

시간의 근무제 시행, 그리고 10.5%의 임금 인상을 주장하는 것이 파업의 주된 이유라고 하는 데에는 놀라움이 지나쳐 소름이 끼침을 금할 수 없었다. 정유회사 생산직이 얼마나 힘든 직종인지는 모르겠으나 사택을 제공하고 자녀 학자금을 지급하고도 연봉 7천만 원이 적은 돈인가? 30년 가까운 공직생활 가운데 연봉 7천만 원을 받아 본 기억이 없는 나로서는 벌어진 입을 닫을 수 없었다.

그런데, 한 술 더 떠서 8월 2일 대한항공 조종사노조가 파업을 가결하여 항공 대란의 우려가 가시화되어 우리를 한층 더 우울하게 한 적이 있다. 노조 측 요구대로라면 평균 연봉이 1억1천만 원인 기장은 1250만원이 오르고, 일부 대형 기종 조종사는 최고 1억7천만 원까지 받게 된다고 하는 데는 허탈감이 지나쳐 나오는 실소를 금할 수 없었다.

조종사의 업무특성을 생각하면 연봉이 높은 것도 아니고 가사 연봉이 높다고 하더라고 쟁의 행위를 할 수 있는 것이 아니냐고 하는 것이 노조의 구차한 변명이었다는데 워낙 나쁜 여론에 밀려 실행에는 옮기지 못한 모양이다.

이래서는 안 된다. 나라에 큰 어른이 계셔서 이런 일이 있어서는 안 되는 것이라고 따끔하게 훈계도 할 수 있어야 하는데, 그런 기미가 보이지 않으니 걱정이다. 속담에 누울 자리 보아가며 발을 뻗으라는 말도 있지 않은가, 3D직종에서 더 많은 땀을 흘리면서 작은 봉급에도 웃음을 짓는 다른 근로자들이 느낄 상대적 박탈감을 생각해서라도 그래서는 안 되는 것이다. 일본 경제 단체연합회의 오쿠다히로시 회장은 일본을 방문한 우리나라 여당 원내대표에게 "일본의 대한 투자를 막은 요인은 격렬한 노동 쟁의의 모습 때문"이라고 했다니 새겨 둘 말이 아닌가.

해마다 걸핏하면 붉은 띠 두르고 주먹을 휘둘러대는 근로자의 파업이 많은 나라에 투자하고 싶은 외국기업이 얼마나 될 것이며, 국내기업인은 또 얼마나 될 것인가. 필자 같은 필부(匹夫)는 가진 돈이 없으니 말할 주변도 못 되지만 만약 돈이 있다고 하더라도 그런 꼴 보면서 투자하고 기업할 생각은 어림반푼어치도 없을 것 같다.

내침 김에 한마디 더하자. 나라에서 하는 일이라면 기를 쓰고 반대를 하는 데모대의 앞장에 서있는 낯익은 몇몇 종교 지도자라는 분들을 보면서 느끼는 것은 저 분들은 언제 신자(信者)들 앞에서 있을 강론(講論)을 준비하며, 또 무어라고 설교를 하시는지 궁금하다.

이래저래 이 나라를 떠나고 싶다.

(2004. 9. 20)

등산(登山)과 입산(入山)

고상돈을 아십니까?

제주도 출신 젊은 산악인 고상돈이 1977년 9월 15일, 한국인으로는 최초로, 세계에서 가장 높다는 8,848미터의 에베레스트 산 정상에 태극기를 꽂았을 때 전 국민이 열광하면서 자기 일처럼 좋아하던 기억이 납니다.

산을 좋아하던 고상돈은 다음해인 1979년 5월 29일, 북미 최고봉이라는 6,191미터의 알래스카 맥킨리봉을 등정하고 하산 도중 자일 사고로 추락 사망하여 우리를 안타깝게 만들기도 했습니다.

영국의 탐험가이자 등산가로 뉴질랜드의 에드먼드 힐러리에 이어 두 번째로 에베레스트 산에 오른 영국의 조지 말로리 경은, "왜 산에 가냐"고 묻는 기자에게 "거기 산이 있으니까"라는 유명한 말을 남겼습니다.

지금이야 유명한 말이 되었지만 그 당시에는 하도 집요하게 달라붙는 기자들이 귀찮아서 퉁명스럽게 내 뱉은 말이 "—거기 산이 있으니까—"였습니다.

산이 좋아서 산을 찾는 산사람이 산에서 죽는 것은 수저로 밥을 떠먹는 것만큼이나 이상할 것이 없다고 말하는 이들도 있지만 말이 그렇다는 것이지 사실은 조난소식을 접할 때마다 안타까운 심사를 금할 수 없습니다.

　지난 10일 우리 고장 부안출신의 여성 산악인 고미영 씨가 세계에서 아홉 번째로 높다는 8,126미터의 히말라야 낭가파르바트 정상을 오른 후 "남은 3개봉도 안전하게 등정하여 대한민국 여성의 기상을 전 세계에 떨치겠습니다."는 말을 마지막으로 하산 도중 실족으로 추락 사망하였다는 비보를 접하고 심한 충격에서 벗어나기가 힘들었습니다.

　여성 최초 8,000미터급 14좌 등정이라는 기록을 세우기 위하여 마음이 급했던 탓이었을까? 아니면 많은 산행 경험에 의한 자신감에 잠시 긴장의 끈을 놓은 탓이었을까, 이도 저도 아니면 설산(雪山)을 다스리는 신이 내린 가혹한 운명의 장난이란 말인가.

　그가 추락사를 했다는 비보를 접하던 날은 하늘도 슬픔을 같이 하는지 하루 종일 억센 장대비가 내리고 있었습니다.

　그런 것도 모르고 우리들 몇몇은 전라도와 경상도, 충청도를 어우르고 있다는 3도봉을 다녀와서는, 무사 산행에 좋아라 하고 술잔을 돌렸습니다.

　나는 산을 좋아하면서도 두려워합니다. 등산 일정이 잡히고 산행을 약속하면 그때부터 무사히 산행을 마치고 귀가할 때까지 걱정을 안고 사는 사람입니다. 비나 눈은 오지 않으려나, 심한 바람은 불지 않을까, 나는 물론이고 혹 일행 가운데에 잠시의 방심으로 나무나 돌

부리에 걸려 다치지나 아니 할까 하고 말입니다. 해발 100여 미터에 미치지 못하는 군산 월명산의 점방산을 오를 경우에도 꼭 등산화를 챙겨 신고 나섭니다. 이것은 겁이 많아서라기보다는 산을 어려워하는 겸손과 지혜라고 말하고 싶습니다.

등산(登山)이라는 말을 아끼는 마음으로 입산(入山)이라는 말을 즐겨 씁니다. 감히 산을 밟고 오른다는 것이 불경(不敬)스러워서 그러합니다. 등산이라는 말은 적극적으로 산을 지배하려고 하는 서양인들에게나 들어맞는 말이고, 자연 속에 자기를 묻혀보려는 동양인들의 체질에는 입산이라는 말이 한결 제격이라고 생각합니다. 나는 무리를 해가면서라도 꼭 산의 정상에 올라가야 직성이 풀리는 사람은 아닙니다. 그저 주변 경관도 구경하면서 힘닿는 곳까지 오르다가 도중에 하산하면 어떻습니까? 양반이 상놈 되는 것 아니지 않습니까?

수년 전, 지리산 천왕봉에 오를 때의 일입니다. 어떤 젊은이가 큰 소리로 "나 천왕봉 정복했다"고 핸드폰으로 자랑삼아 누군가에게 연락하는 것을 보고 나무란 적이 있습니다. "자네가 천왕봉을 정복한 것이 아니라 천황봉에 오를 수 있도록 허락 받은 것이 아니냐"고 말입니다.

자만과 설마는 산을 사랑하고 좋아하는 사람들이 가장 금기하여야 할 덕목입니다.

고미영 씨의 사망에 깊은 애도를 표하면서 못다 피운 14좌 완등의 꿈을 우리들 가운데 누군가가 머지않은 장래에 이루어 내리라 확신합니다.

고인의 명복을 빕니다.

대통령 선거를 바라보면서

나는 남아프리카공화국의 대통령이었던 넬슨 만델라를 존경합니다.

"흑인도 백인과 같이 동등한 인격을 가진 인간으로서의 가치와 존엄성을 인정받아야 한다."는 이유로 종신형을 선고 받고 외딴 로본섬에 위치한 감옥에서 27년이라는 긴 세월을 보내고 고희(古稀)를 넘긴 노인이 되어서야 석방되면서 한 첫마디는 백인에 대한 화해와 관용이었습니다.

강산이 두 번도 더 바뀔 긴 세월을 고독한 감방생활을 하며 견뎌왔으니 그동안 쌓인 원망과 분노가 컸으련만 웃음으로 상대를 용서할 수 있다는 것은 보통의 상식인으로서는 하기 힘든 몸짓입니다.

그는 대통령의 임기 5년이 지나자 약속대로 권좌에서 물러나 평범한 할아버지가 되어 홀연히 시골집으로 내려가 손자들 곁에 자리함으로서 세상 사람들을 다시 한 번 놀라게 했습니다.

검은 얼굴에 하얀 곱슬머리를 가진 이 욕심 그릇이 작은 할아버지는 미련 없이 역사의 뒤안길로 돌아섬으로써 더욱 크고 위대하게 보였습니다.

냇물이 없는 곳에도 다리를 놓아 주겠다고 감언이설로 공약을 남발하는 정치인들만 보아온 나로서는 만델라 대통령을 통하여 아프리카에도 존경할 수 있는 흑인이 있음을 확인하였습니다.

나는 이런 분이야말로 진정으로 대통령이 될 자격이 있다고 생각합니다.

17대 대통령 선거를 앞두고 정책의 대결보다는 상대방의 개인적 약점만을 물고 늘어지면서 고소 고발로 밤낮을 지새우는 이 땅의 정치 지도자들을 보면서, 조그만 시골 동네의 통·반장 선거에서도 아니고 명색이 한 나라의 대통령이 되겠다는 사람들이 참 너무 한심스럽다는 생각을 지울 수가 없습니다.

춘추 전국시대, 한비자의 난세(亂世)편에 모순(矛盾)이라는 말의 유래가 나옵니다.

장터에서 창과 방패를 동시에 팔고 있는 상인이 있었습니다. "이 방패를 보십시오. 얼마나 단단한지 아무리 날카로운 창이라도 이 방패를 뚫을 수는 없습니다. 그리고 이 창을 보십시오. 아무리 튼튼한 방패라도 날카로운 이 창끝을 피할 순 없습니다."

이 말을 듣고 있던 한 노인이 이렇게 묻습니다. "그대가 가지고 있는 날카로운 창으로 그 단단하다는 방패를 찌른다면 도대체 어느 쪽이 이긴단 말인가?"

상인은 꿀 먹은 벙어리가 될 수밖에 없었습니다.

대통령 선거가 막바지에 이르자 예상했던 대로 후보들 간의 연횡합

종이 이루어지고 있습니다.

점잖은 표현으로 연횡합종이지 서로의 이해가 맞물려 내년 총선을 겨냥한 짝짓기를 하는 그 속내가 훤하게 보이는데, 한 술 더 떠서 자기들의 짝짓기는 당연한 일이고 상대방이 하는 것은 대역죄나 저지르는 것처럼 비난하는 그 모순된 볼썽사나운 모습을 지켜보는 우리들의 마음이 편치만은 않습니다.

일개 필부(匹夫)에 불과한 이 사람의 생각이 이러할진대 현명한 국민들의 마음이야 오죽하겠습니까?

뿌리가 좋으면 잎은 저절로 크는 법입니다. 대통령후보들이 정연한 논리 위에 확고한 신념에 터 잡은 공약을 제시하는지, 말초적 감정과 인기에 영합하려고 하는지의 여부를 이미 국민들이 알 만큼 알고 있는 현 시점입니다.

상대방으로부터 억울한 비난과 독설을 듣는다 해도 이를 웃음과 여유로 지우고 대통령의 임기 중에 추진하고자 하는 정책공약과 소요예산의 조달방법, 북한을 위시한 동북아, 나아가 세계 열강과의 관계 정립을 위한 방안 제시 등으로 국민의 지지를 얻고 승부를 거는 정책 대결 선거가 되었으면 좋겠습니다.

우리는 이런 넉넉한 품성을 지닌 통 큰 대통령을 원하는 것입니다.

옳고 그름을 떠나서

이것은 필자의 이야기가 아닙니다.

이 세상에는 법대로의 잣대만을 가진 피도 눈물도 없는 법관만이 있는 것이 아니라 잔잔한 감동을 주는 따뜻한 가슴을 가진 판사도 있다는 사실을 혼자 알고 있기에는 아깝다는 생각에서 이렇게 적어봅니다.

사건의 전말은 이러합니다.

할아버지와 할머니 내외가 외롭게 살고 있었습니다. 집 한 칸 없는 노부부는 주택공사에서 임대하는 서민 임대아파트에 입주하고자 했습니다. 근근이 보증금을 마련하였습니다만 공교롭게도 신청 마감일을 앞두고 할머니가 쓰러지셨습니다. 전신마비의 아내 곁을 잠시도 떠날 수 없었던 할아버지는 보증금을 딸에게 건네주면서 대신 임대아파트를 신청하라고 시켰습니다. 하지만 딸은 자기이름으로 계약을 하고 왔습니다. 그 후 병든 할머니가 먼저 죽고 홀로 남은 칠순의 할아버지에게 주택공사는 명도 소송을 제기했습니다. 계약상 임차인이 딸이기 때문에 집을 비워 달라는 것이 원고인 주택공사의 주장이었습니다.

법대로의 잣대만을 가진 1심 판사는 계약상 임차인이 딸이라는 이유로 원고의 손을 들어주고 할아버지의 퇴거를 명령했습니다. 법대로만 해석하면 옳은 판결일지도 모릅니다.

그러나 고등법원의 견해는 달랐습니다.

형식적인 계약서보다는 사안의 본질을 보아야 한다면서 할아버지 편을 들어 주었습니다. 판결문에는 사건을 바라보는 판사의 내면이 시처럼 곱게 담겨 있었습니다. 필자가 여러 독자들과 같이 읽고 싶은 판결 내용은 다음과 같습니다.

"법은 미리 만들어 두는 기성복 같은 것이어서, 예상을 넘어 팔이 더 긴 사람도 있고 짧은 사람도 있다. 그럴 때 당신에게 줄 옷은 없다고 할 것인가. 아니면 다소 번거롭더라도 옷의 길이를 조금 늘이거나 줄여서 수선해 줘야 할 것인가. 입법부가 만든 법률을 해석하고 집행하는 법원이 어느 정도의 수선 의무와 권한이 있어야 하지 않을까."

판결의 이유는 계속 되고 있었습니다.

"가을 하늘에는 황금물결이 일고 집집마다 감나무엔 빨간 감이 익어간다. 그러나 홀로 사는 칠순 노인을 집에서 쫓아내 달라고 요구하는 원고의 소장에는 찬바람이 나고, 엄동설한에 길가에 나앉을 노인을 상상하는 우리의 눈가엔 물기가 맺힌다. 우리 모두 차가운 머리만을 가진 사회보다 따뜻한 마음을 가진 사회에서 살기를 원한다."

살아있는 법의 향기란 이런 것이 아닐까요?

나는 옳고 그름을 떠나서 얼음장처럼 차갑고 명석한 머리를 지닌 법관보다는 따뜻한 가슴을 지닌 판사를 존경하고 싶습니다.

지난 며칠 동안 총리와 장관 내정자들에 대한 청문회를 지켜보면서 기가 막히고 뿔이 나는 것은 어쩔 수 없었습니다. 재복이 있어 재산이 많은 것을 누가 탓하겠습니까만 그들의 뻔뻔한 태도가 국민들을 화나게 하는 것입니다.

절대 농지를 불법 매입한 의혹에 대해 "자연의 일부인 땅을 사랑할 뿐 투기는 아니다"는 옹색한 변명이나 "부부 교수로서 재산 30억 원이면 다른 사람과 비교해서 양반 아니냐." 공금유용에 대해 "잠시 보관하고 있었다"고 한다면, 지나가던 소가 들어도 웃을 것이다. 또 "유방암 검사에서 암이 아니라고 남편이 축하하는 의미로 오피스텔을 선물로 주었다"는 말도 마찬가지다. 사실의 옳고 그름을 떠나 평생을 모아도 1억이라는 돈을 모을 수 없는 대다수 서민들의 가슴에 대못질을 해대는 부자 특권의식에서 비롯된 막말이 아닐까 싶습니다.

사람의 욕심은 무한하다고 했습니다. 살아가면서 명예를 높이고 권력을 향하는 마음 자체를 나무랄 수는 없지만 높은 사회적 신분과 공직을 맡고자 하는 사람들을 서양의 격언인 '노블레스 오블리주'를 한번쯤 되새겨 보고 어려운 서민들의 아픈 마음과 가려운 뒤편을 굽어 볼 줄 아는 넉넉한 품성을 가져 주었으면 하는 바람을 가져 봅니다.

전봇대와 공무원

대불공단 전봇대 이야기를 기억하십니까?

2008년 1월 중순경인가? 이명박 대통령이 당선자 시절 인수위 간 사회의에서 공무원의 안일과 복지부동과 탁상행정을 꼬집으면서 한 이야기 말입니다.

"아마, 지금도 그대로 있을 거야. 내가 2년 전에 대불공단 시찰시 화물자동차 기사들이 다리 옆에 있는 전봇대 때문에 차량운행에 어려움이 많아 이를 옮겨 달라고 5년간이나 그렇게 사정을 해도 관계 부처 어디에서도 묵묵부답이라더라."

대통령 당선자가 지금 당장 뽑아내라고 한 것도 아니고 예를 들어 이야기한 이 한마디에 당시의 산업자원부 소속 서기관과 사무관이 현장으로 달려가고, 전남도청과 영암군 공무원이 동원되고, 한전 기술자 7명이 5시간에 걸쳐 부랴부랴 전봇대 2개를 뽑아냈습니다.

그것도 비가 내리는 가운데 일어난 작업이라 이를 두고 "빗속의 전봇대 작전"이라는 별명을 얻었습니다.

이 말은 한때 탁상행정과 복지부동을 일삼으며 몸보신으로 일관하는 공무원들의 일처리를 두고 전봇대 행정이라고 비난하는 유행어가 되기도 했습니다. 다수의 일 잘하고 친절한 공무원들은 이 말을 들으면서 참 억울해 하기도 했을 겁니다.

엊그제 일입니다. 손자의 출생신고를 하기 위해 시청을 찾았습니다.

3년 전에 첫 손자를 보았을 때도 출생신고를 하기 위해 시청을 찾았다가 담당직원과 다투던 기억이 떠올라 시청 민원실을 찾기 전부터 이번에는 또 무슨 트집이 잡혀 시비를 하게 되지나 않을까 내심으로는 걱정이 되었습니다.

출생자의 부모가 신고인이 되어야 하는데 동거하지 않는 할아버지는 신고인이 될 수 없다는 것이 담당 공무원의 주장이고, 출생신고라는 것은 제 삼자와 이해관계가 없는 보고적 신고이기 때문에 출생, 그 자체만 입증이 되면 접수 처리하면 될 터인데, 더구나 할아버지가 친손자의 출생신고조차 못한데서야 말이 되느냐는 것이 나의 주장으로 시비가 된 것입니다. 인구를 한 사람이라도 더 늘려야 한다는 정부나 지자체의 방침과는 다르게 까탈을 부리는 저의가 무엇인지, 솔직히 말하여 나는 그 공무원이 다른 부서로 이동하고 없기를 바랐습니다.

아들내외가 맞벌이를 하는 처지인지라 틈을 내기가 쉬운 일이 아니라서 이번에도 내가 나서서 대신 출생신고를 하러 가기는 가야겠는데, 또 시비할 일이 여간 신경이 쓰이는 게 아니었습니다.

아니나 다를까, 이번에는 신고인 적법 여부까지 가기도 전에 트집(나는 굳이 이를 트집이라고 본다)이 잡혔습니다. 출생자의 이름이 없어서 안 된다는 것입니다.

아시는 바와 같이 출생신고는 출생한 지 30일 이내에 하지 않으면 과태료를 부과하기 때문에 미처 이름을 짓지 않아 명(名) 미정(未定) 이라고 기록했던 것이고, 천천히 시간을 두고 좋은 이름을 작명하여 추완(追完)하겠으니 접수해줄 것을 간청함에도 막무가내였습니다.

"그럼 각하(却下)해 주시오."

내 말에 담당자는 몹시 기분이 상했나 봅니다.

출생 신고서를 제 앞으로 던지듯이 하면서 "손님, 출생 장소가 누락되었으니 적어 주세요."라고 합니다. 저 역시 조금은 흥분된 상태이기 때문에 좋은 말이 나갈 리가 없습니다.

"나는 늙고 눈이 나빠서 잘 보이지 않으니 병원에서 발행한 출생증명서를 보고 좀 써주시오."

손님이라? 그렇다. 나는 이 고장 군산에서 나고 자라 환갑, 진갑을 넘긴 나이가 되도록 군산을 떠난 적이 없는 군산시민이지만 늘 주인?(공무원)과는 대립적 관계에 있는 손님 대접만을 받아 온 것이란 말인가. 시청 문을 나서는 마음이 편치 않았습니다. 아마 담당자의 마음도 유쾌하지는 않았으리라 믿습니다. 나는 이 난을 통해서 담당자의 행위를 비난하려고 하는 것이 아닙니다.

시민을 대할 때 손님이 아니라 주인으로 대접해 줄줄 아는, 똑똑한 공무원보다 친절한 공무원을 만나고 싶다는 것을 말하고 싶어서입니다.

"아버님, 무엇을 도와드릴까요?" 상냥하게 웃으며 다가오던 은행 창구 직원의 모습이 자꾸 눈앞에 어른거립니다.

웃기네

어떤 일이나 모습 따위가 한심하고 기가 막힐 때 우리는 흔히 '웃기네'라고 말한다.

6, 70년경 군사독재 정권의 암울한 시대, 입이 있어도 하고 싶은 말을 제대로 하지 못하고 지내던 냉소적 현실을 두고 '웃기네'라는 말이 유행하던 기억이 선하다.

필자는 1967년부터 1969년 사이에 주월 한국군의 한 사람으로 베트남 중부에 위치한 나트랑(현지인들은 나짱이라고 부름)에서 근무한 바 있는데 그때 이런 이야기가 있었다.

베트남 현지 아가씨와 사귀고 있던 한국군에게 베트남 아가씨가 "한국어로, 서로 사랑하는 남녀가 이별할 때 나누는 인사말이 무엇이냐?"고 묻자, 대답이 궁해진 병사가 먼 산을 바라보다가 무심코 내뱉은 말이 '웃기네'였다.

그 후 이 병사는 근무 만기가 되어 귀국선에 오르자, 사랑하는 사람들의 이별인사가 '웃기네'라고 알고 있던 베트남 아가씨는 부둣가에 나와 손수건을 흔들면서 "웃기네, 웃기네" 하면서 울더라는 확인되지 않은 웃기는 이야기가 한동안 인구에 회자(膾炙)된 바 있었다.

지난해 4월, 서울의 한 법원에서는 재판과정에서 39세 판사가 피고인 측과 말을 주고받고 있는 도중, 69세의 노인인 원고가 재판장의 허락을 받지 않고 끼어들었다는 이유로 "어디서 버릇없이 툭 튀어나와 끼어드느냐"는 핀잔을 받고 아들이나 조카뻘밖에 되지 않은 판사로부터 받은 그 말에 심한 모욕감을 느껴 국가인권위원회에 진정서를 제출한 바 있고, 당시 현장에 있던 원고의 변호인은 현장에서 적절한 대응을 하지 못한 자괴감에 다음날 소송대리인을 사임했다고 한다. 웃기는 이야기다.

시골 장터에서 처음 마주치는 장삼이사의 장돌뱅이 민초(民草)들도 10년 이상의 나이 차이가 되면 높임말을 쓰는 것이 상례이거늘 신(神)을 대신하여 인간을 심판한다는, 가장 지성인이 되어야 할 법관이 아버지뻘이 되는 노인에게 어디서 버릇없이 끼어드느냐는 말을 내뱉었다는 소식은 우리에게 웃기는 정도가 아니라 슬픔을 안겨 주는 안타까운 일이다.

누가 과연 버릇이 없는 것인가.

그 젊은 판사는 아마도 법관의 자격은 있는지 모르겠으되 법관의 자질은 부족하다고 한다면 버르장머리 없이 툭 튀어 나오는 말버릇이라고 핀잔을 받아야 할까.

작년이던가? 전주 지방법원의 김종춘 판사는 유아급사증후군에 의해 사망한 것으로 추정되는 두 살배기 유아에 대하여 경찰이 신청한 압수수색 검증영장을 "부검을 실시하게 될 경우 자식을 키우는 부모의 입장을 헤아려 보았는가? 당사자들의 아픔에 한 발 더 다가서는 것이 법관의 역할이다."라고 하면서 이를 기각한 바 있다. 당연한 말씀이다. 법관의 자세는 이래야 하는 것이 아닐까?

그렇다. 많은 국민들은 냉정한 머리를 가진 영리한 법관보다는 따뜻한 가슴을 가진 법관을 더 존경한다는 사실을 알아야 한다. 인권위원회는 결정문에서 "통상 버릇없다는 표현은 어른에게 예의를 지키지 않을 경우 이를 나무랄 때 사용하는 말"로 비록 원고가 법정 질서에 어긋나는 행동을 했다고 하더라도 사회통념상 40대 판사가 69세 노인에게 사용할 수 있는 말이라고는 볼 수 없으며 법정 지휘권도 공복의 지위에 있는 공무원에게 주어진 권한인 이상 이를 국민에게 행사할 때는 인간의 존엄과 가치를 비롯한 기본적 인권을 침해하지 아니하는 한도 내에서 해야 한다고 판단했다. 천번 만번 옳은 지적이다.

금년은 경인(庚寅)년, 호랑이 해란다.

때마침 스스로를 바보라고 하면서 낮은 곳에 임하시어 어려운 이웃들과 고락을 함께 하시던 고 김수환 추기경님의 선종(善終) 일주기를 맞아 그 분의 살아생전의 모습과 높은 법대 위에 앉아서 노인을 향하여 건방지다고 호통쳤을 호랑이 같은 젊은 판사의 모습이 교차하면서 씁쓰레한 심사를 가눌 수 없다.

참으로 웃기는 세상이다.

왜 방폐장 유치를 찬성하는가

1. 이야기를 풀면서

방폐장 유치여부를 둘러싸고 이러쿵저러쿵 말이 많은 것은 당연한 일입니다. 말 그대로 방폐장은 원자핵물질 자체를 보관하는 것이 아니고 원자력발전소 종사자들이 사용하였던 작업복, 장갑, 각종 교체부품이나 방사성 동위원소를 사용하는 병원, 연구소에서 사용하고 버려지는 주사기, 약병 이온 교환수지 등 중·저준위 방사성폐기물을 수거하여 보관하는 장소라고 합니다.

원자력에 관하여 문외한인 제가 무얼 알겠습니까마는, 그렇기 때문에 더욱 전문가의 말에 귀를 기울일 수밖에 없는데, 우리 전북 출신으로 미국 미시간대학에서 보건물리학 박사학위를 받고 세계 최초로 중·저준위 방사성폐기물의 유리화 기술개발을 성공시킨 송명재 박사의 말에 의하면 이 방폐장의 설계기준은 인간의 방사선에 대한 방사선영향제한치보다 100배가 낮은 0.01밀리시버트라고 합니다. 쉽게 한 예를 들면 병원에서 환자의 가슴에 X-레이촬영을 할 때 0.1밀리시버트의 방사선이 유출되는데 X-레이 촬영 시 유출되는 방사선의 10분의 1에 해당하므로 인체에 해가 없다는 것입니다.

사정이 이러함에도 일부의 사람들은 방사선이라는 말만 듣고도 제2차 세계대전 말기 일본의 나가사키와 히로시마에 투하되어, 일거에 재래무기를 무력화시키고 수많은 인마(人馬) 살상의 가공할 위력을 보였던 원자폭탄의 피해를 잊지 않고 연상하면서 반대의 목소리를 높이는 것이 아닌가 하는 점입니다. 그러나 앞서 밝힌 바와 같이 방폐장은 핵폭탄 저장고가 아니라는 사실입니다.

솔직히 말하건대, 이 글을 쓰고 있는 나 자신이 한때는 목청을 높이면서 방폐장 유치에 반대를 하던 사람입니다. 방폐장이 위치한 인접 지역에서 생산되는 농축산물이나 인근 해역에서 잡힌 생선을 누가 먹을 것이며, 유출된 방사선의 영향으로 산모는 기형적인 어린이를 출산하게 될 것이고, 관광지로서의 도약을 꿈꾸는 새만금방조제가 이로 인해 그 빛을 잃고 찾아오는 관광객이 없을 것이며, 무엇보다도 얼마나 내 고향 군산이 낙후되고 살기 어려우면 쓰레기, 그것도 무시무시하다는 방사선폐기물이라도 가져다 보관하면서 여기에다 던져주는 알량한 당근(?)으로 지역발전을 이루어 보고자 한단 말인가 하는, 비통한 감정적 거부감이 반대의 기저를 이루고 있었습니다.

그런데, 어느 날이던가. 원자력발전소가 가깝게 위치한 경주시의회가 방폐장 유치 권고 결의를 하고 나아가 유치 활동비로 12억 원이라는 막대한 예산을 통과시켰다는 신문보도를 접하고는 검증되지 아니한 감정만으로 반대를 하는 것만이 능사가 아니라 직접 내 눈으로 실체적 사실을 확인한 연후에, 반대하든 찬성하든 결정하는 것이 옳겠다는 생각을 하고, 대덕 연구단지 내에 위치한 원자력 환경기술원을 방문하여 조립식 건물에 임시보관하고 있는 방사선 폐기물 드럼통을 살펴 볼 기회를 가졌습니다.

혹시나 그 자리에서 원자력 환경기술원 측으로부터 방폐장 유치에 따른 찬성을 유도하는 내용의 설명을 듣지나 않았을까 하고 넘겨짚는 생각을 해 볼 수도 있겠으나 전혀 그런 사실이 없었고 또 내 나이가 이미 이순을 넘긴 사람으로 현명하지는 못해도 옆에서 누가 꼬신다고 해서 거기에 현혹될 만큼 어리석지는 않습니다.

다만, 그곳 직원이 보관창고 문을 열면서 지나가는 말처럼 "이 연구단지내에는 석·박사 자격을 가진 2천여 명의 연구원이 상주하면서 연구에 매진하고 있는데, 이것(방사선 폐기물 보관을 지칭)이 위험하면 이들이 여기에서 근무하겠습니까?" 하는 이야기를 들었습니다.

옳은 말 같았습니다. 눈앞에 천금이 있다 한들 어찌 내 작은 한 몸의 건강과 바꿀 수 있겠습니까.

임시 보관창고에 야적하듯이 쌓아놓은 폐기물 드럼통과 이를 대수롭지 않게 보여주는 직원의 표정을 보면서 반대를 표명하는 입장이었던 나 자신이 혼란스러웠습니다.

2. 유치를 찬성하는 이유

치사한 발상이라고 손가락질 할지는 모르겠으되 유치 결정에 따라 당해 지방자치단체에 3천억 원이라는 특별지원금이 우선 지급되고, 9천6백억여 원 규모의 시설건설에 따른 지역산업의 활성화, 해마다 들어오는 5십억 내지 1백억 원의 반입수수료, 그리고 무엇보다도 한국수력원자력 본사와 최첨단 과학시설 양성자가속기센터의 이전과 유치약속은 우리를 유혹하기에 충분조건을 가지고 있다고 봅니다.

조금은 생소한 양성자가속기센터의 유치는 정보통신, 반도체, 생명과학, 나노과학, 우주산업 등 다양한 분야의 전문기업 유치로 이어질 것이 분명하고 이는 군산이 지식기반형 기업도시로 거듭 탄생하기 좋은 기회가 되리라고 믿어지기 때문입니다. 30여 개 이상의 첨단산업 전문기업이 유치된다면 어둠과 가난의 질곡에서 벗어나지 못하고 전국에서 가장 낙후된 도시가 군산이라는 창피한 멍에를 벗을 수도 있지 않을까요? 도심지의 곳곳은 상호(商號) 대신 임대라는 이름의 문패로 장식되어 있고 좋았던 시절에는 동네 강아지도 만 원짜리 지전을 물고 다녔다는 이야기가 있을 정도로 흥청망청했던 째보선창에서 해망동에 이르기까지는 해만 지면 걸어 다니는 시민을 찾아보기 힘들 정도가 되어버린, 절망의 외침이 너무도 절박하고 처절한 내 고향 군산을 바라보는 심사가 편치 않음이 어찌 나 한 사람 뿐이겠습니까. 이제는 한번 잘 살아 보아야 되지 않을까 싶습니다.

우리는 이쯤에서 군산대학교가 군산 서쪽에 치우친 미룡동에 둥지를 틀고 웅비하는 국제대학으로 발돋움하는 것을 바라보면서 학교가 들어오는 것을 극구 반대하다가 지금은 후회하고 있다는 어느 지역의 사례를 타산지석의 교훈으로 삼아도 좋을 것 같습니다.

역사에 만약이라는 가정은 없지만, 만약 군산대학교가 군산의 동편에 위치한 하구둑 근처에 건립되었다면 충남과 익산 지역의 더 많은 인재들을 끌어 모을 수 있었을 것이고, 군산시의 동과 서, 양 지역의 균형 있는 발전을 이루는데 기여하지 않았을까 하는 안타까움을 금할 수 없습니다. 제 2차 세계대전 패전 40주년 기념연설에서 바이츠제거 독일 대통령은 "과거에 대해 눈을 감는 자는 결국 현재에 대해서도 눈이 멀게 된다."고 하였습니다.

비유가 제대로 되었는지는 모르겠으되, 나는 방폐장 유치 찬반에서도 한번쯤 음미해 보고 자성의 목소리가 묻혀버리는 어리석음을 되풀이하지는 말아야겠다는 생각을 해 봅니다.

꽃이 필요한 때에 꽃씨를 뿌려야 하듯이 뭉그적거리며 늑장을 부릴 수는 없는 일입니다.

3. 이야기를 마치면서

하찮은 닭장이나 개장을 지으면서도 이런 저런 말들이 많은 것이 우리네 일상입니다. 하물며 방사선 폐기물을 영구 보관한다는 방폐장을 유치한다는 문제에 대하여 찬반양론이 첨예하게 대립각을 세우고 다투는 것은 어쩌면 자연스런 일입니다. 이 글을 보시는 분들 가운데에서도 격려의 박수와 비난의 화살이 마주하리라고 봅니다.

그러나, 부안에서와 같이, 살다가 죽어 뼈를 묻어야 할, 같은 고향의 선후배가 패가 갈리어 반목하고, 누대에 걸친 원수를 대하듯이 감정의 골을 깊게 하는 부끄러운 역사의 후퇴를 되풀이하는 불상사는 없었으면 좋겠습니다. 이론과 논리의 바탕 없이 감정과 인기에 영합하고자 격한 몸짓을 하는 것에는 신물이 났습니다.

이제는 시위의 문화적 품격과 준법성을 시위의 중요한 덕목으로 삼아야 할 성숙한 어른스러움이 몸에 젖을 때도 되었습니다. 갈매기가 바다를 떠나지 않듯이 우리는 우리의 고향 군산을 떠나서는 살 수 없는 고향지킴이일진대, 찬성이 됐든 반대가 됐든 정당한 민주절차에 따른 주민투표 결과에 웃으며 승복하고 언제 그랬느냐는 듯이 손과 손을 마주 잡을 수 있는 격조 높은 민주시민의 역량을 내외에 과시할 수 있는 기회가 되었으면 좋겠습니다.

우리 군산 시민은 능히 그렇게 할 수 있다고 믿으면서 이 글을 접습니다.

눈물을 감추고

"몰랐습니다. 이렇게 깊고, 이렇게 많을 줄은, 언제나 환히 웃어주시며 버팀목이 되어주시던 부모님의 뒷모습엔 삶의 고됨과 지침이 감추어져 넘치고 있었다는 것을 이제야 후회합니다.

낳으시고 기르시는 동안 받아온 사랑, 미처 깨닫지 못한 어리석음에 얼굴이 붉어집니다.

주름진 손이 부끄럽다며 자식 앞에서도 감추시지만 자랑스럽습니다.

세상에서 제일 아름다운 손, 부모님의 주름진 손입니다."

위 글은 제 글이 아닙니다.

어느 지방 일간지에 〈부모님전상서〉라는 제목의 쭈글쭈글하고 거친 노인네의 커다란 손 사진과 함께 매일같이 계속하여 실리고 있는 메시지입니다.

처음에는 어느 기업의 광고 선전쯤으로 여기고 무심코 보아 넘겼습니다.

그러던 어느 날, 문득 위 글과 손사진이 나를 보고 '나쁜 놈─' 하고 꾸짖는 것 같은 착각을 느끼면서 눈물이 도는 것을 감출 수가 없었습니다.

늙으면 주책이라던가.

세월의 두께가 더해 갈수록 눈물이 흔해집디다. 젊어 갈으면 그냥 넘길만한 내용에도 곧잘 눈물을 훔칩니다.

작년임에도 벌써 오래된 옛일 같기만 한데, 87세의 나이로 선종(善終)하신 김수환 추기경께서 "사랑이 머리에서 가슴으로 내려오는데 70년이 걸렸다."고 말씀하시던 생전의 모습을 텔레비전으로 지켜보며 맥없이 눈물을 흘렸습니다. 높은 종교적 지위를 가진 추기경의 권위 있는 죽음 앞이라고 해서 안타까움에 눈물을 보인 것이 아니라 "죽는 날까지 하늘을 우러러 한 점 부끄럼 없기를"로 시작하는 윤동주의 시(詩)를 가장 좋아한다면서도 감히 읊어 볼 염치가 없었다는 그 인간적인 순수한 고백과 고뇌 앞에 마음이 아려 눈물을 보인 것입니다.

그런데, 눈물이라는 것은 정작 슬플 때만 흘리는 것이 아닌가 봅니다. 나이가 들수록 슬픈 경우에는 으레 그러려니 하면서 눈물이 나오지 않고, 그보다는 희로애락을 막론하고 감정이 격해지는 경우에 오히려 눈물이 흔해지는 경우가 많다는 겁니다. 어쩌다 젊어 청상과부가 된 여인이 그 남편의 시신 앞에서 몸부림치며 우는 모습은 여럿 보았으나 백년해로를 하던 노(老) 부부가 천수를 다한 배우자의 죽음 앞에서 눈물을 보이며 우는 모습은 자주 본 적이 없습니다. 슬프지 않을 리 없으련만 무딘 감정 탓인가 아니면, 체념(諦念)이련가.

엊그제 월드컵 축구 경기에서 우리나라가 그리스에 2대 0으로 이

길 때에는 코끝이 찡-하도록 감격스러웠고, 북한과 브라질의 경기에 앞서 북한 국가가 연주되는 동안 눈물로 범벅이 된 정대세 선수를 보면서는 통일된 조국이 되어 박주영과 정대세가 나란히 입장한다면 얼마나 좋을까 하는 부질없는 생각을 하면서 남과 북이라는 이념과 갈등을 벗어던진 더 큰 그 무엇이 가슴속에서 울컥 치밀어 또 한 번 눈시울을 붉혔습니다.

한국인 아버지에 조선족 어머니 사이에서 태어나 일본에서 조총련계 아이찌 조선 중·고급학교와 조선대학교를 나온 정대세. 북한을 부모와 같은 존재라고 말하고, 태어난 일본을 제 2의 고향으로 여기면서도 일본 사람들과 노래방에 가면 꼭 〈독도는 우리 땅〉이라는 노래를 부른다는 이 젊은이는 과연 누구란 말인가? 눈물을 감추고 생각해 보았습니다.

박근혜 대통령 당선인께

"나에겐 꿈이 있습니다. 어느 날엔가 조지아의 붉은 언덕에 노예와 노예주 인의 자손들이 형제애의 테이블에 함께 앉아 웃으며 이야기를 나누는 그런 꿈 이 있습니다."

1963년 8월 28일 미국 워싱턴 D.C. 링컨기념관 앞에서 30만 인파 가 운집한 가운데 저 유명한 마틴 루터 킹 목사가 인종차별 종식과 비 폭력 저항 선언을 하면서 던진 명연설의 서두는 바로 꿈(희망)이었습 니다.

증오와 모멸로 가득 찬 인종차별의 종식과 화해를 외친 이 연설이 기폭제가 되어 정의가 강물처럼 흐를 때까지 계속된 흑백 차별 철폐 운동은 반세기가 채 되지 않은 시점에 미국이라는 초강대국에서 가장 민주적 방법인 적법한 선거를 통하여 흑인 대통령이 탄생하는 화려한 대 변혁적 기적의 꿈이 현실로 변하는 역사적 사실을 우리는 보았습 니다.

이쯤에서 저는 고대 희랍의 철학자 헤라크로스가 증언한 "이 세상 에 변화하지 않는 것은 존재하지 않는다. 다만, 한 가지 변하지 않는 것이 있다면 그것은 변하지 않는 것이 없다는 사실만이 변하지 않을 뿐이다."라는 조금은 역설적인 변증법적 논리를 생각해 보았습니다.

박근혜 대통령 당선인님

가까이 있어 늘 손쉽게 부르던 친구의 이름이 아니라 부르기가 생경하고 어색합니다.

시골에 사는 하찮은 민초의 하나인 이 사람이 어찌하여 새로운 대통령 당선자를 앞에 두고 새삼스럽게 많은 사람들이 고개를 갸웃거릴 생뚱맞은 이야기를 꺼내 보이는가? 그것은 선거 기간 내내 귀가 아프게 들어왔던 변화와 개혁, 용서와 화해, 대탕평이라는 부르기조차 송구할 정도로 아름다운 이 말들 때문입니다.

지난 2008년 1월 18일 이명박 대통령이 당선인 시절 인수위원회 간사단 회의에서 불합리한 규제와 공무원들의 무사안일한 근무 태도를 꼬집으면서 전남 영암에 위치한 대불산업단지 도로 옆에 서있는 전봇대로 인해 대형트럭이 커브를 돌 때마다 땀이 부쩍부쩍 난다는 운전기사들의 하소연을 듣고 말했던 이야기가 생각이 납니다.

"아마 지금도 그 자리에 그 전봇대 그대로 있을 거야." 대통령 당선인의 이 한마디에 이튿날 비가 오는 가운데에서도 부랴부랴 고압 전봇대를 옮겼다는 코미디 같은 이야기에 온 국민이 깨소금을 집어 먹은 것처럼 가가대소를 하면서 이 정부는 잘할 수 있을 것이라는 신뢰를 보냈건만, 5년의 세월이 흐른 작금의 현실은 암울한 허탈과 실망으로 뒤범벅이 된 사실을 상기시켜 드리고 싶습니다.

고소영이라는 대백과 사전에도 나오지 않는 시사용어라든지, 대군마마라는 호칭으로 불리던 가장 존경한다는 형님께서 국비 장학생으로 교도소 안에 계신 것을 보면서 어쩜 당선자 시절의 그때가 가장 좋았노라고 후회하고 있을지도 모릅니다.

박근혜 대통령 당선인님.

선거 기간 중, 상대방으로부터 유신독재 잔당이라는 폄하한 언사를 들을 때에는 아무리 비정한 선거판이라고는 하지만 20대 어린 나이에 부모를 잃은 사람의 가슴에 칼질을 해대는 말투가 저는 정말이지 싫었습니다.

더욱이 명문대학을 우수한 성적으로 졸업하고 사법고시에 합격한 재원으로서 명색이 대통령이 되겠다는 상대방 후보가 기껏 한다는 소리가 당신을 떨어뜨리기 위해서 출마했다는 말은, 텔레비전을 시청하는 우리들의 마음까지도 심란하게 하였습니다만, 당신은 분노가 스민 표정 가운데에도 잘 참아내는 인내심이 보기에 좋았습니다.

그렇습니다.

이제는 이런 사람들조차도 허허 웃으며 같이 껴안고 국사를 협의하는 넉넉한 품성을 가진 인내심이 있는 대통령이 되어야 합니다.

때때로 동남아시장(동대문, 남대문, 아현시장을 동남아 시장이라고 한다네요)을 지나칠 일이 있을 경우 예정에도 없이 하차하여 상인들의 손을 잡아 주면서 위로를 보낼 수 있는 어머니 같은 대통령이 되었으면 좋겠습니다.

듣자 하니 대통령의 연봉은 2억 정도가 된다고 하네요. 또 대통령으로서의 품위 유지를 위한 연금도 수령한다고 하니 그 정도면 평생을 잘 살 수 있을 것 같습니다. 그러지 않으리라고는 믿지만 제발, 재물에 욕심을 내는 일이 있어 나아가 부모님을 욕되게 하거나 작게는 본인의 인격에 흠집을 내는 일이 없기를 바랍니다.

참, 대통령 당선인님,

청와대에 입성하시면, 우리 같은 민초들도 청와대 식당에서 점심 식사 한번 할 수 있도록 초대의 기회를 주시면 안 될까요?

임기 내내 우리와 같은 서민을 항상 가까이 하는, 그래서 이 땅에서 가장 존경받는 대통령으로 자리매김하시기를 기원합니다.

(2012. 12)

스승의 날에

고(故) 이태석 신부를 아십니까?

"예수님이 계시다면 이곳에 교회보다는 학교를 먼저 세우셨을 것"
이라고 말하면서 아프리카의 수단이라는 별로 알려지지 않은 조그만
나라, 그 가운데 톤즈라는 아주 작은 마을에서 8년 동안 가난하고 헐
벗은, 그래서 희망보다는 절망에 더 익숙한 어린아이들과 손발이 뭉
그러진 한센인들과 함께 하면서 그들과 함께 하는 그 자체가 감사하
다고 하던 한 젊은 사제(司祭)의 이야기를 아십니까?

의학을 공부하고 또 다시 신학공부를 더하여 신부에 서품(敍品)된
후 하느님의 복음을 전하기 위해 아프리카 오지를 스스로 택한 그가
병든 자와 가난한 어린이들과 같이 해맑은 웃음을 짓던 모습을 〈울지
마 톤즈〉라는 영상을 통하여 보면서 저는 주책없이 눈물을 보이고 말
았습니다.

신부님이 주신 트럼펫 악기를 매만지면서 "악기를 배우기 앞서 먼
저 착한 마음을 가지라"고 가르쳤던 신부님을 생각하며 눈물을 흘리
는 소년이나, 차라리 쓸모없는 나를 먼저 데려가시지 어찌하여 할 일

많은 신부님을 먼저 데려가셨느냐고 하느님을 향하여 눈물의 기도로 항의하는 늙은 한센인의 모습을 보면서 스스로 초라해지는 내 모습이 싫었습니다.

그는 본인 스스로 의사이면서도 암으로 인하여 48세의 젊은 나이에 죽음을 앞에 두고도 "가장 보잘것없는 이에게 베푸는 것이 곧 나에게 해주는 것"이라는 예수님의 말씀 앞에서 더 베풀지 못함을 안타까워하는 진정한 성자(聖者)의 모습을 보여주면서 하늘나라로 가셨습니다.

아마도 천당(天堂)이란 곳도 천사들만이 있는 곳은 아닌 모양입니다. 병든 이와 죄를 짓는 나쁜 이들이 많은 모양입니다.

그러지 않고서야 이 땅에서 하여야 할 일이 더 많은 젊은 사제를 하느님 스스로 불러들일 까닭이 없을 것 같습니다.

다가오는 5월 15일은 스승의 날이라고 합니다.

많은 학교를 다닌 것은 아니지만 십 수 년을 학교 공부를 하였으면서도 진정으로 존경하여야 할 선생님 기억이 없습니다. 스승의 날이 되어도 카네이션 한 송이를 들고 뛰어가 만나 뵙고 싶은 선생님이 없다는 건 나의 잘못이 더 큽니다. 공부를 썩 잘한 편도 아니고, 가세가 유복하여 명절 때마다 양주병이나 봉투를 들고 갑(甲)의 위치에 있는 선생님을 찾아 뵐 형편이 아닌, 지극히 평범한 을(乙)의 위치에 있는 학생을 기억할 선생님도 없었을 겁니다.

다모클레스의 칼에 대한 이야기를 아십니까?

시칠리아 시라쿠스의 왕 디오니시우스가 자신의 부(富)와 권력을 부러워하는 신하 다모클레스를 연회에 초대하여 왕좌에 앉힌 뒤 머리

위에 말총에 매달린 칼을 걸어 놓았다는 고사에서 기원한 다모클레스의 칼 이야기 말입니다.

머리 위의 칼이 떨어지지 않도록 왕이 가져야 할 품성과 조신(操身)한 태도를 강조한 이 경구를 오늘날 교권이 땅에 떨어졌다고 땅을 치며 분개하는 선생님들께서도 한번쯤 음미해 볼 필요가 있으리라 믿습니다.

과연 나는 성직자에 준한다는 참 스승으로서의 덕목을 갖춘 존경받을 가치가 있는 교사인가 하고 말입니다.

저는 학교가 아니라 사회생활을 하면서 존경하는 많은 스승을 만날 수 있었습니다.

날마다 얼굴을 마주하던 학교생활에서는 존경하는 스승을 찾을 수 없었고 일면식(一面識)이 없으면서도 책을 통하거나, 다른 이들의 전언(傳言)을 통하여 좋은 스승을 만나 볼 수 있다는 이 물구나무선 역설(逆說), 이것이 오늘날 이 땅에 산재한 교육계의 한 단편이라고 한다면 저의 지나친 편견일까요?

앞서 밝힌 고(故) 이태석 신부님. 부끄러운 이야기입니다만 그분은 저보다도 어린 사람입니다. 그러나 나이가 무슨 벼슬입니까? 그분은 진정한 삶의 실천을 통하여 저에게 삶의 목표가 무엇인지를 말없는 가운데에서도 깨닫게 해준 스승이십니다.

오늘날 어둡고 각박한 우리사회에 등불을 밝혀주는 참 스승이 많이 있었으면 좋겠습니다.

이것이 스승의 날을 맞이하는 한 늙은 독자의 바람입니다.

(2013. 5. 13)

개판을 재판(再版)하자

1. 국회의원이 좋기는 좋다

국회의원은 4급 보좌관과 5급 비서관 각 2명, 6,7,9급 각 1명 등 모두 7명의 보좌진을 두고 있다. 이들에게 드는 인건비는 연간 3억8천여만 원이다. 모두 국고에서 지급된다.

보좌진 가운데 상당수는 의정 활동의 보조가 아니라 지역구 관리에 투입하고 있는 의원도 많다는 것이다. 의원 개개인도 연간 1억 2,500만여 원의 세비와 별도의 가족수당, 자녀 학비 보조도 수령하고 있다. 또한 65세 이상의 전직의원은 월 120만 원의 노후 보장연금도 받는다. 능력에 따라 연간 1억5천만 원내의 정치후원금을 모금하여 쓸 수도 있다. 얼마 전에는 이렇게 많은 국비가 소요되는 국회의원 정원도 300명으로 증원하기로 잽싸게 결의했다. 그렇게 반대하는 국민의 목소리가 있어도 오불관언, 배짱이다.

이런 행태야말로 권력자들이 사익을 위해 법과 규제를 새로 만들어내는 법적 부패의 전형이다.

공항의 귀빈실을 사용할 수도 있고 항공료와 선박, 열차도 물론 무료다. 우리 같은 민초들이 언감생심 먼발치에서도 보기가 쉽지 않은 장·차관을 불러다가 호통을 치는 기분도 쏠쏠하다. 재수 없게 걸리지만 않으면 살짝살짝 이권에도 손댈 수 있다. 걸리면 나는 모르는 일이라고 오리발을 내밀 수도 있고 정 여론이 안 좋으면 그때 민원해결이라고 얼버무릴 수도 있고, 정 다급하면 국민 여러분께 본의 아닌 심려를 끼쳐드려 죄송하다고 하면 된다. 쉴 새 없이 쏟아져 나오는 뉴스는, 이런 사소한(?) 사건은 국민의 기억에서 쉽게 잊혀지고 마는 법이라 국민들의 고통은 잠시다. 국회의원은 무엇보다도 이런 종류의 뭇매는 견뎌낼 수 있는 두둑한 배짱이 있어야 한다. 이래서 국회의원이 참 좋기는 좋은 것 아닌가?

2. 어떤 사람이 의원이 되어야 할까?

이렇게 좋은 국회의원을 할 수 있는 기회만 주어진다면 외면하기가 쉽지 않을 것이다.

이래서 공천장을 거머쥐기 위해서는 어제까지 한솥밥을 먹던 동지라는 사람들끼리도 얼굴을 붉히면서 박이 터진다.

"당과 동지를 떠나면서 국회의원 한 번 더하는 게 무슨 의미가 있겠느냐, 정도(正道)로 가야지 하는 결론을 내렸고 그래서 백의종군하겠다"고 예상치 못한 당 잔류로 최종결정을 하였다는 새누리당 김무성 의원의 선언은 참 신선하게 들린다. 이면에 무슨 꿍꿍이가 있느니 없느니 하는 확인되지 않은 소문은 듣고 싶지도 않고 있는 그대로만 믿고 싶다.

19대 국회의원 공천에서 배제된 고 강봉균 의원은 작년 1월 어느 날, 한 신문사 논설위원과의 대담에서 이렇게 말했다.

"우리 정치에서는 정책의 합리성을 존중하는 목소리가 설 자리가 없고 언론도 관심을 갖지 않는다."고 했고, 고질화된 지역갈등을 해소하기 위해서라며 '편안한 안방'을 내주고 영남의 낯선 표밭으로 발걸음을 돌린 김부겸 의원은, "민주당 안에도 다양한 견해가 있는데 투쟁적이고 극단적인 주장만 부각되는 경향이 있다."고 말한 바 있다.

여야를 떠나 정치를 지향하는 정치인들이라면 한번쯤 음미해 볼 가치가 있지 않을까?

여야 의원들이 의사당 안에서 머리를 맞대고 국사를 논하면서 다양한 의견개진과 합리적이며 생산적인 합일점을 도출해 내는 격조 높은 의사진행은 그렇게도 높은 벽이란 말인가?

"나도 어엿한 대한민국의 군인이기에, 그것도 조국의 최전방에서, 5천만 국민이 등 뒤에서 나를 믿고 있는 연평도 해병대이기에, 한반도의 평화는 내가 지킨다."는 이 말은 우리 고장에서 나고 자란 문광욱 일병이 연평해전에서 전사하기 전 친구의 홈피에 남긴 글이다. 그가 목숨까지 바쳐가며 지키려던 조국은 무엇이고 5천만 국민은 누구란 말인가?

우리 영해를 지키는 해군을 가리켜 해적이라고 비아냥거리는 철없는 젊은이가 국회의원이 되고 저 정치판을 기웃거리는 작금의 현실을 보면서 만에 하나라도 저런 사람이 국회의원이 된다면 이 나라의 앞

날이 어떻게 될 것인가 모골이 송연해짐을 금할 수 없었다.

공짜나 무상이라는 이름으로 그럴 듯이 포장한 복지정책, 선동정치, 염연히 상존하고 있는 남북 대치를 외면한 안보관으로는 희망이 보이지 않는다.

여당도 그렇다. 정치에는 으레 반대 의견이 있기 마련인데, 다수당이라고 해서 무조건 힘으로만 밀어붙이는 억지와 불통의 오기를 마치 당에 대한 충성심의 발로라고 착각하고 앞장서는 사람이 있다면 썩은 콩나물 솎아내듯이 솎아내야 한다.

그렇다면 어떤 인물이 국회의원이 되어야 할 것인가? 대답은 자명(自明)하다.

(2012. 3. 19)

제 3 장

기행
　문

베트남에서 군복무 시절

사이공

– 베트남에서(1)

4월 3일 오후 7시, 인천공항발 호치민행 대한항공 점보여객기에 탑승하여 5시간의 비행 끝에 베트남의 사실상 심장부인 호치민시(과거 사이공 :1975년 남부 월남이 북부 월남에 패망한 후로는 해방의 아버지라고 불리는 유명한 호치민의 이름을 따서 호치민시라고 개명했으나 우리에게는 사이공이라는 말에 더 익숙해 있다. 따라서 여기에서는 사이공으로 할까 한다)에 위치한 탄산루트 국제공항에 내린 것은 밤 10시 경이다. 한국과의 시차가 2시간이기에 5시간이나 힘써 날아왔음에도 이곳 시간으로는 12시가 아니라 10시란다.

말이 국제공항이지 내가 30여 년 전 군용기로 도착하던 그때나 지금이나 별로 달라진 것이 없는 것 같아 한편으로는 반가우면서도 한편으로는 그동안 전쟁의 참혹함이 어떠했기에 이렇게 달라지지 않았을까 하는 안타까움이 교차함은 어쩔 수 없다.

외국에 자주 나다니는 편이 아니라서 건방진 이야기 같기는 하지만 외국에 나갈 때마다 느끼는 것은 세계 어디에 내놓아도 뒤지지 않을 만큼 발전한 대한민국의 국력 신장을 피부로 느낄 수 있다는 점이다.

탄산루트 공항에 내리자마자 대합실에 우리나라 삼성제품의 대형 텔레비전이 놓여있는 것을 보고 놀라움을 금치 못했거니와 그 후 어느 공항을 가든지 대합실에는 꼭 삼성 텔레비전이 비치되어 있는 것을 보고는 애국자는 아니라도 가슴 부듯한 감회를 금할 수 없었다.

그 뿐만이 아니었다. 아시아 국가의 대부분이 그러하듯이 베트남에서도 한국 드라마가 방영되고 있었는데 이순재 씨가 대발이 할아버지로 등장하던 〈사랑이 뭐길래〉라는 오래된 드라마가 방영되는 것을 보고는 피어오르는 미소를 어쩔 수 없었다. 전통적으로 주홍색 계통의 엷은 립스틱을 선호하던 베트남 멋쟁이 아가씨들이 뒤늦게 한국에서 만들어진 90년대 후반의 드라마에서 보이는 갈색의 립스틱을 너나없이 다투어 필수품으로 선호하는가 하면, 구창모의 〈희나리〉라는 가요가 번역되어 소개되기도 하고 우리 같이 나이든 사람들은 조용필의 〈돌아와요 부산항에〉를 우리말로 우리 앞에서 나보다 더 잘 부르는 것을 보고는 저절로 어깨가 올라가고 가슴이 펴지는 것을 어쩔 수 없었다.

베트남에 불어 닥친 한류열풍 — 어디를 가나 택시의 90% 이상이 우리나라 소형차의 대명사인 프라이드와 마티즈가 차지하고 있었고, 버스의 대부분은 현대와 대우에서 만들어진 중고차다.

그것도 그냥 중고차가 아니라 '○○ 선교원' 또는 '왕십리에서 청량리'라고 유리창이나 옆구리에 버젓이 한글이 적혀 있는 중고버스를 일부러 몰고 다닌다. 마치 우리가 6·25직후 미제(美製)라면 무조건 좋아하였듯이…….

슈퍼마켓에서 한글이 적혀있는 상품을 보는 것은 제과점에서 과자를 고르는 것처럼 이상한 일이 아닌데 특히 우리나라 라면에 대한 인기는 대단하다. 이것이 신장된 국력의 표상(表象) 아닌가.

어떤 이들은 대기업의 이미지를 정경유착(政經癒着)에 의해 힘없는 노동자의 노동력을 착취하는 몹쓸 집단인 듯 부정적으로 보는 경향이 있으나 나라 밖에서는 우리의 기업들이 치열한 국제경쟁력을 갖추기 위하여 현지에서 피나는 노력을 경주하고 있는 실상을 보면 꼭 나무라기만 할 일은 아니라고 본다.

이번 베트남 여행은 관광 목적보다는 30년도 더 지난 옛날 내가 파월국군장병의 한 사람으로서 참전했던 당시의 지역을 돌아보고 옛날을 회고해 보고자 하는 뜻이 더 강했던 만큼 내가 군 생활을 보낸 사이공과 나짱(우리는 흔히 나트랑이라고 불렀다.)으로 한정하였고, 이번 기회에는 사이공에서만 보고 느낀 점을 밝혀보고자 한다.

사이공 — 1975년 자유월남이 월맹군의 진격으로 무릎을 꿇고 패망하기 전까지 수도였던 인구 600만의 대도시, 지금도 베트남 상공업의 심장으로 자리매김하고 있는 국제도시, 이 사이공의 한 모퉁이에 30여 년 전 패기만만했던 따이한의 한 젊은이였다가 이제 초로(初老)의 나이가 되어 되돌아 와서 남십자성이 명멸(明滅)하는 밤하늘을 바라보며 지나간 옛날들을 회상하고 있다. 감회가 새롭다.

우리 일행이(일행이라고 해봐야 식구들뿐이고 베트남을 제집 안방 드나들 듯 하는 딸아이가 안내자다) 사이공에서 여장을 푼 곳은 사이공항 근처에 위치한 르네상스 리버사이드 호텔이라는 조금은 긴 이름을 가진 호텔인데 이름에 걸맞게 고급인데다가 우리가 묵은 방은 그 중에서도 21층에 위치한 이른바 VIP실이었다.

사이공에 4일간 체류했는데 이틀을 이 비싼 호텔에 머물렀던 만큼 호텔에 관한 이야기를 조금 해야겠다. 이 호텔은 22층 건물로 20층과 21층은 VIP실이고, 22층에는 각종 운동시설과 티룸, 인터넷 등 편의시설이, 옥상에는 수영장이 있었는데 VIP실에 투숙한 손님은 언제든지 이 시설들을 무료로 이용할 수 있었다. 뿐만 아니라 세탁물도 크건 작건 하루에 두 가지는 다림질까지 무료로 깨끗하게 처리해 주는데 첫날은 이런 내용을 알지 못했는지라 이용하지 못하고, 다음날 아침 딸아이가 알려주어서야 알게 된 아내는 이를 몹시 안타깝게 여기더니 부리나케 수영장으로 올라가서 한바탕 수영 솜씨 자랑을 하고 돌아온다.

엘리베이터도 18층까지는 정상 운행이 되고 그 이상은 룸 키 카드를 가져다 대어야 움직인다. 아마도 이렇게 해서 일반 투숙자들이 VIP실이나 각종 편의시설에 함부로 접근하는 것을 막는가 보다. VIP용 식당은 19층에 위치하고 있는데 그 곳에서는 24시간 언제든지 술과 음료수 그리고 식사를 할 수 있게 되어 있다. 물론 무료다.(일반 투숙객은 1층 로비 옆에 있는 식당을 이용한다.) 객실에서는 사이공 시내 대부분을 앉아서 조망할 수 있도록 3면이 통유리로 되어 있어 시내도 살펴보고 사이공 강을 오르내리는 배들을 구경할 수 있어서 좋았다.

사이공 체류 이틀째, 우리는 한때 월남 정부의 상징이었던 통일궁을 보기 위하여 아침 일찍 시클러를 타고 나섰다. 시클러는 세 발 달린 인력거라고 하면 될까? 손님이 앞에 승차하면 뒤에서 자전거 페달을 밟듯이 운전하는 승용물인데 인력으로 조종하는 만큼 속력이 느려 주변 경관을 천천히 그리고 자세히 살펴 볼 수 있는 장점이 있어 이를 이용하였다가 기겁하였다. 왜냐하면 앞에서 자동차가 들이밀어도 운전자는 나 몰라라 하는 심보로 밀고 나가니(운전자는 뒤 안장에 앉아있다) 앞에 앉은 손님이 기겁하고 놀라는 것은 당연한 이치다.

그러나 운전자는 늘 그래왔던 것처럼 누런 이를 드러내며 싱긋 웃고 만다. 어려운 일에 부딪혀도 여유롭게 대처하는 지혜인가, 아니면 하도 많은 수난을 겪어온 민족이라 그 정도의 일은 아무렇지도 않게 생각하는 타성 때문인가, 모를 일이다.

시클러 이야기가 나온 김에 사이공의 도로 교통 사정을 짚어보지 않을 수 없다. 사이공을 여행해 본 사람치고 현지 교통 사정에 대한 언급이 없다면 그 사람은 분명 생과 사를 초월한 도인(道人)이거나 조금은 감각이 모자라는 축에 속한다고 하면 필자의 지나친 표현일까? 베트남, 특히 사이공에는 근본적으로 도로 교통규칙이라는 것이 없다고 생각하면 편하다. 무조건 덩치 큰 차량의 부전승이다. 사이공에서 길을 건넌다는 것은 예술에 속한다. 느리면서도 간단없이, 신중하면서도 머뭇거리지 말고, 좌우를 살피는데 망설임없이 일관된 동작을 취해야 한다. 이렇게 하는 데는 다 나름대로의 이유가 있다. 상대방 운전자가 진행하는 사람의 행동을 보고 미리 차량의 속력과 진행 방향을 예측 가능하게 조절할 수 있기 때문이다. 중앙선은 있으나마

나다.

인구 6백만의 도시, 그러나 산술적 계산으로는 이해가 되지 않는 8 백만 대의 오토바이와 자동차, 그리고 자전거와 시클러가 출퇴근 러 시아워에 한데 엉키고 뒤섞여 전후를 분별함이 없이 달리는 것을 보 고 있노라면 이곳이 천국과 지옥의 교차점이 아니고 무엇이랴!

교통사고가 자주 일어날 수밖에 없는데 그럴 경우에는 우선 목청 크고 억지에 능숙한 사람이 유리하다.(이 점은 우리나라와 비슷하다.) 그리곤 서로 삿대질을 해가면서 자기주장을 하며 으레 구경꾼이 모여 들기 마련이고 이때 성질 급한 사람이 타협점을 제시하면 그것으로 싱겁게 끝이다.

1975년 4월 30일 아침, 사이공에 도착한 월맹군 탱크가 최초로 진 격해 들어간 통일궁. — 당시는 독립궁 또는 대통령 집무실이 있다고 해서 대통령궁으로 불리던 곳, 나는 새도 떨어뜨린다는 무시무시한 권력의 아성(牙聲)엔 불과 43시간 전에 국가원수가 된 즈엉 반 민 장 군이 화려한 집무실에서 초조하고 초라한 모습으로 침략군 장군을 기 다리고 있었다.

"나는 당신에게 권력을 이양코저 아침부터 기다리고 있었소."

패전의 민 장군이 승리자가 된 월맹군 장군에게 이렇게 말했을 때 이름도 없는 무명의 침략군 장군은 무어라고 했던가? "당신이 권력을 넘기는 것은 당연하오. 왜냐하면 갖고 있지도 않을 권력을 포기한다 는 것은 말이 안 되는 이야기니까." — 일국의 국가원수가 일개 무명의 장군에게 고개를 숙이면서 옥새(玉璽)를 바쳐야 하는 비통함 — 이유가 어떠하든 전쟁에서 진다는 것은 비참하다. 하루 저녁 고스톱에서 몇만 원을 잃고서도 어깨가 절로 웅크려지는 범속한 나 같은 사람은 지레 제 명을 다 채우지 못할 듯싶다.

통일궁을 보면서 가장 인상 깊었던 것은 지하실에 설치된 터널망, 통신시설, 전쟁 상황실이다. 그리고 벽 한 면을 가리고 있는 베트남지도, 이러한 시설과 장비가 아무리 완벽한들 국민의 지지를 얻지 못하는 정부는 사상누각(砂上樓閣)에 불과하다는 역사적 교훈을 이 자리에서 또 한 번 배우고 나오는데 헬기 착륙장이 있는 테라스를 바라보니 작동되지 않는 헬기 한 대가 흉물스럽게 자리를 지키면서 격동의 그 날을 말없는 웅변으로 입증해 준다. 입장할 때는 눈여겨보지 못했는데 나오면서 보니 정문 뒤편 야외에 자유월남 패망의 날, 맨 처음 대통령궁에 진입했다는 탱크 2대가 나란히 놓여 있다. 정복자에게는 자랑스러운, 그러나 피정복자에게는 치욕스러운 역사적 산물이라고 말하면 나의 지나친 억측일까?

베트남 전쟁 중에 반정부운동을 이끌면서 큰 영향력을 행사하여 사회적 혼란 속에 월남이 패망하는데 일조(一助)를 한 바 있는 틱 찌 꽝이라는 스님은 종전 후 월맹공산당으로부터 칭찬과 박수를 받을 만하건만 오히려 가택연금을 당하고 후에는 1년여를 독방에 갇히기까지 하였다니 이 또한 역사의 아이러니가 아닐까?

자나 깨나 입만 벙긋하면 국민의 이름으로 국민을 팔고 사면서 당리당략으로 밤과 낮을 지새우는 우리나라 정치인들에게 꼭 한 번 보여주고 싶은 풍경화다.

오후에는 사이공 시내에서 두어 시간 떨어진 교외에 자리를 잡고 있는 광동 중국인회가 있는, 1939년부터 4년에 걸쳐 세웠다는 도교 사원인 경만남원(Khanh Van Nam Vein)을 방문하였다. 베트남 유일의 도교사원이라고 한다. 순수한 도교신자는 약 5천 명 정도밖에 되지 않는다고 하지만 중국계열 사람들의 신앙생활은 대개 도교와 불교가 뒤섞인 짬뽕이다.

사원에 들어서니 이 사원의 최고 수호신 호앙 린 상이 있고 제단 뒤에는 4개의 상이 있는데 오른쪽에는 관운장상, 왼쪽에는 도교 대표선수, 그들 사이에 유교 대표가, 마지막으로 그들 뒤로는 관세음보살상이 모셔져 있다고 딸아이가 설명을 해준다. 삼삼오오 모여 다니는 교인(敎人)들은 대개가 나이 지긋한 노인들인데 복장이 희한(稀罕)하다. 머리에는 홍, 청, 백, 흑색 등의 두건을 쓰고 모두 백색의 도복을 입고 일체 말이 없어 유령의 도시에 온 듯 날씨는 무더우나 몸에서는 한기가 돈다.

오는 도중에 시골 간이식당에서 베트남식의 늦은 점심을 먹는데 남국 특유의 향신료가 비위 약한 내 입맛을 앗아간다. 딸애의 말이 저녁에는 사이공 강에서 유람선을 타고 오르내리면서 배안에서 식사를 할 예정이니 여기서는 시장기만 면하도록 하잔다.

해 질 무렵, 호텔에 도착하여 샤워를 하고 잠시 숨을 고르는 사이 딸의 호출이다. 걸어서 채 오 분이 되지 않는 선착장, 호텔 객실에서 유리문을 통하여 사람들이 왕래하는 것을 보아오던 터라 낯이 익다.

유람선은 3층으로 우리는 그 중 2층을 예약하였다고 한다. 선착장에서 딸애는 두리번거리면서 누군가를 찾는다. 베트남 친구 내외를 초청, 먼저 도착하였다는데 보이지 않는다는 거다. 핸드폰으로 연락을 주고받더니 저만치에서 한 젊은 녀석이 손을 들고 웃으며 오고 있는 것이 아닌가. 아뿔싸, 곁에 있는 사위 녀석의 표정을 슬쩍 훔쳐보니 심성이 고운 탓인가. 아니면 장인 장모 면전이라 참는 것인가, 이도 저도 아니면 확실한 믿음에 터 잡은 신뢰인가, 녀석의 표정은 무사태평이다.

베트남 친구라는 젊은이는 사이공 지방의회의원으로 부동산사업을 하는 탄탄한 사업가라고 소개를 하는데 그 옆에 내 나이 또래의 노인이 잔잔한 미소를 지으며 서있다. 승선하여 지정된 좌석에 앉아 정식으로 인사를 나누니 노인은 젊은이의 장인이란다. 부부가 같이 참석하기로 했는데 부인에게 일이 생겨 대신 장인을 모시고 오게 되었단다. 나의 술 파트너가 된 셈인데 나이를 셈해 보니 나보다 한 해가 낮다. 하노이 공대를 졸업하고 사이공에 와서 기계 제작회사를 경영하고 있다고 한다. 사이공에 와서 또 한 번 놀란 것은 사이공에 있는 관공서의 요직과 큰 기업체의 경영자는 대부분이 북 하노이에서 온 사람들이 차지하고 있다는 점이다. 이것이 점령자의 프리미엄이란 말인가.

이야기의 서두는 자연히 철 지난 베트남 전쟁으로 소급하는데 그는 병역 미필자였다. 그의 말을 빌리면 1960년대 당시 월맹에서는 대학생들의 징집을 면제하고 학업에 전념하도록 배려했다고 한다. 사실일까? 이미 선택된 가진 자들이 전쟁으로부터 제 자식들을 보호하기 위한 대국민 사기극은 아니었을까?

상하(常夏)의 나라 베트남, 낮에는 무덥지만 해가 진 저녁시간의 강바람은 견딜만하다. 그래도 유람선은 저녁 8시경부터 운행한다. 배 안에서 주문한 음식은 주로 해산물로 바닷가재와 게, 왕새우 등을 튀기거나 쪄낸 것들이다. 호텔을 나설 때 좋은 안주에 마실 요량으로 인천공항에서부터 사서 들고 다니던 소주 가운데 7병을 가지고 갔는데, 처음에는 손사래를 저으며 겸손을 떨던 장인이란 친구도 한 잔 술에 입을 적시고 두 잔 술에 가슴을 적시더니 나중에 머리까지 젖었는지 요요(베트남어로 건배, 건배)를 외쳐댄다. 소주 7병이 적지 않은 술이건만 바닥을 보이자 장인은 서둘러 자기가 부담하겠다고 하며 헤네시라는 꼬냑 한 병을 주문한다. 우리는 대취(大醉) 할 수밖에. 그러나 타국이라는 부담감은 나에게서 긴장감까지는 빼앗지 못한다.

천국이 따로 없다. 돈 있으면 천국도 사오는 판국이다. 30여 년 전, 누구는 이 나라 이 땅에서 자유와 평화를 지킨다는 미명하에 전쟁의 총알받이가 되어 미처 피우지 못한 젊음을 바쳐야 했으며, 30여 년이 지난 지금 누구는 무슨 팔자를 타고 나서 같은 나라 같은 땅 아래에서 온갖 특혜와 향락을 향유하면서 즐거운 삶을 누린단 말인가? 멀리 굽이쳐 유유히 흐르는 사이공강을 바라보니 강물은 아무 대답이 없는데 타국의 나그네는 저 혼자 혼란스러워한다.

유람선 안에는 밴드에 맞춰 가수가 노래를 부르면서 여흥을 돋우는데 우리 일행을 보자 앞에서도 잠시 언급한 바 있는 우리나라 가요 조용필의 〈돌아와요 부산항에〉를 부르더니 내 앞에 와서 마이크를 넘겨준다. 적당히 오른 취기에 내 나라 노래를 들으니 취흥이 도도한지라 냉큼 마이크를 받았지만 나의 음치 실력은 여기서도 유감이 없어 나중에 아내의 말에 의하면 발가락이 오물오물, 언제 어디에서 가사와 곡조가 틀릴지 몰라 듣는 자기가 하는 나보다 더 힘들더라고 제발 어디 가면 나서지 좀 말라고 핀잔이다. 가수에게 5만동(우리나라 5천 원 상당)을 팁으로 주었더니 땡큐, 땡큐를 연발하고, 눈웃음을 치며 지나간다.

사이공 체류 3일째, 비싼 호텔 요금에 은근히 뒤가 켕긴 나는 딸아이를 살살 달랬다.

"애야, 호텔 잠도 좋지만, 제대로 베트남을 알기 위해서 어디 깨끗한 민박집 없을까? 뭐, 식구끼리 있는 건데 꼭 호텔에서만 있어야 할 이유는 없지 않니? 오히려 서구화된 호텔보다는 민박집에서 지낼 수 있다면 베트남을 이해하는데 더 좋을 텐데…."

내 말이 타당하다고 생각했는지 아니면 비싼 호텔 요금이 저 역시 부담스러웠던지 딸아이는 흔쾌히 그러자고 하더니 곧바로 체크아웃을 하고는 짐을 옮기자고 한다.

이렇게 하여 우리는 월남인이 경영하는 민박집으로 옮겼는데 3층에 위치한 방이 깨끗하고 가격도 저렴할 뿐 아니라 에어컨이나 샤워시설 등 있을만한 시설은 다 갖추어져 있는데다가 아침에는 이웃집에서 밥 짓고 빨래하는 구경도 할 수 있어서 오히려 호텔보다도 더 편안하여 참 다행스럽다고 생각했다.

이쯤에서 나는 딸아이에 대해 잠시 이야기를 아끼지 않으련다. 자식자랑은 팔불출이라 주저되는 것은 모르는 바 아니로되 베트남에서 객관적으로 딸의 행동을 바라보면서 느낀 점이 적지 않아서다.

딸아이는 한국외대 베트남어과를 졸업했는데 재학 중에도 여러 차례 베트남을 왕래하면서 어학연수를 받아, 베트남 관리나 상사원들이 한국에 오는 경우 통역과 가이드를 맡기도 하고, 한국정부 관리들이나 기업체 요원들이 베트남 방문 시 수행하면서 베트남을 오고가는 일이 많아서 그러려니 짐작은 했지만 베트남 현지에 도착하니 완전히 딴 사람이 되어 마치 범이 날개를 단 듯, 고기가 물을 만난 듯, 우리들 관광 안내하랴, 평소 알고 지내던 베트남 인사들에게 안부 전화도 하고, 만나기도 하면서 바쁜 일정을 보내는데 저러다가 병이라도 나면 어쩔까 하는 노파심을 떨쳐버릴 수가 없었다. 아마도 한국에서보다 베트남 친구들이 더 많은 것이 아닌가 싶을 정도다.

7~8년 전인가? 재학 중 베트남 교육부 차관이 한국에 왔을 때 통역을 한 일이 있었는데 그때 교육부 차관이 "너, 베트남에 올 기회가 있으면 나를 찾아오면 도와주겠다."고 한 일이 있었는가 보았다. 어린 학생인지라 귀엽게 보고 지나가는 인사 정도로 한 말일 텐데 그 해 방학 때 베트남 하노이에 가서 교육부 차관을 찾아보고는 "당신이 베트남에 오면 도와주겠다고 했으니 하노이대학원에 입학할 수 있도록 해주고 학비가 없으니 등록금 대신 하노이대학에서 한국어 강사를 할

수 있도록 자리를 마련해 달라고 하는 바람에 그 교육부 차관이 혼이 난 일이 있었다. 억지 같은 딸아이의 떼에 차관은 하노이대학 총장에게 사정을 이야기하고 협의한 끝에 정식입학은 입학시기가 아니라 어렵고 1학기동안 청강생으로 대학원에서 베트남 문학을 공부하는 대신 하노이 대학에서 한국어 시간강사로 근무하도록 배려한 일이 있을 만큼 당찬 끼가 있다. 덕분에 녀석은 1학기 늦게 졸업을 하기도 했다. 또 한 번은 사이공에서 버스를 타고 배낭 하나만을 메고서 혼자 캄보디아 여행을 다녀와서 식구들을 아찔하게 하기도 했다.

작년에는 (주)안그라픽스에서 발간한 600여 쪽의 베트남이라는 여행정보 책자를 책임 감수했는데, 그 내용의 방대함과 치밀함에 나는 속으로 혀를 내둘렀다. 물론 책의 내용은 딸아이의 작품이 아니라 손치더라도 그 내용을 일일이 확인하면서 책임 감수하였다는 사실은 나를 질리게 하고도 남음이 넉넉하였다.

특별기고, 및 감수 : 최하나— 한국외대 베트남어과 졸업, 하노이 국립대학교 인문사회 과학대학 한국어강사 및 주베트남 관공서에서 근무, 현재 프리랜서 베트남 통역 및 코디네이터로 활동 중. 특별 섹션, '한국과 베트남의 관계'와 '호치민시의 한인촌 판 반 하이' 등 한국 관련 박스 글을 집필하였으며 전체의 책임감수를 맡다 — (책 표지 이면에 있는 딸의 프로필이다.)

앞서 르네상스호텔에서 이틀째 투숙하고 있었던 날 저녁시간, 호텔 로비에서는 투숙객을 위한 바이올린과 피아노의 협주곡이 연주되고 있었는데 쉬는 시간의 막간을 이용하여 딸아이가 쪼르르 다가가서 무어라고 하니 바이올린니스트가 웃으며 바이올린을 건네준다. 아마도 이방인이 베트남 말을 잘하는 것도 신기하게 여긴 듯하다. 딸아이가 "바이올린을 조금 켤 줄 아는데 한 번 해보면 어떠냐?"고 양해를 구한 모양이다. 바이올린을 넘겨받은 딸아이가 슈베르트의 〈아름다운 방앗간집의 딸〉을 독주하고 나서 이내 또 한 곡을 커는데 이를 듣던 베트남인들이 박수를 치고 야단들이다. 나중에 들으니 베트남 사람들이 좋아하는 베트남 가요란다.

유창한 현지 언어구사와 서양코쟁이들을 만나도 웬만한 영어대화는 거침없이 나누면서 여행하는데 전혀 불편함이 없는 능력에 감탄한 애비가 어느 날 "하나야, 네 덕분에 고생 없는 좋은 여행을 하는가 보다"하고 슬쩍 추켜 주었더니 녀석의 대답은 대뜸 돈타령이다. "아빠, 나 하루 통역비가 얼마인 줄 아우? 300불에서 500불인데 아빠는 얼마 주실래요?" 녀석이 아들이었다면 큰일을 할까, 큰일을 저지를까? 모를 일이다.

사이공 체류 3일째, 오늘은 사이공 부근에 있는 꾸찌터널을 보기로 했다. 사이공 교외에 있다는 말에 이른 아침에 길을 나선 것이 잘못인가, 출근 시간이 겹친 탓에 도로교통 사정은 가히 목불인견(目不忍見)인데 일행 중 누군가 말한다. 일인당 5만원씩 준다고 해도 저렇게 많은 사람을 동시에 모이게 하기는 힘들 거라고. 끝없이 밀려드는 자동차와 오토바이 시클러, 자전거, 그리고 도보로 움직이는 인파가 서로

뒤엉키는가 싶으면 실타래 풀리듯이 길을 내면서 제 갈 길을 가는 것은 신기(神技)에 가깝다.

베트남 전쟁 당시 인구 8만에서 지금은 20만으로 성장한 구찌현 (縣)은 호치민 광역시의 일부라고 한다. 평화로운 겉모습으로는 언제 저곳이 격렬한 전투와 폭격이 있었던 전쟁터였던가? 흔적을 찾아 볼 수도 없는데 현지 베트남 가이드의 설명과 터널 현장을 보고서는 놀라움을 금치 못하겠다. 구찌현 내의 터널 길이만 해도 250킬로미터 에 달하는데 곳에 따라서는 아파트 몇 층의 깊이까지 파고들기도 했 으며 내부에는 주거 공간, 창고 심지어 무기제작소, 야전병원 등이 위치하고 있었다고 하며 그 현장의 모형을 보여준다. 물론 이러한 터 널은 하루아침에 만들어진 것이 아니고 멀리는 프랑스의 지배를 받던 무렵의 일종의 레지스탕스운동의 일환으로 조금씩 조금씩 만들어졌 다고는 하지만 그 규모와 조밀함에 감탄사가 절로 나온다. 베트콩들 이 이 지하에 숨어서 밤과 낮을 구별함 없이 수시로 미군을 조롱하고 괴롭혔으니 덩치 큰 미군이 얼마나 화가 나고 약 올랐을까.

여기에서 저 유명한 고엽제 이야기가 나오는 것이다. 울창한 밀림 지역에서 신출귀몰하는 베트콩들을 어쩌지 못하던 미군은 헬기를 동 원, 고엽제를 살포하여 밀림초토화 작전을 펼친 것이 오늘날까지 인 구에 회자(膾炙)되고 있는 고엽제 사건이다.

현재 이곳은 베트남 학생들과 공산당 간부들의 순례지라고 한다. 낙엽으로 덮여 위장한 출구는 사방 한 자 정도로 작고 좁아서 체구가 작은 베트남 사람들도 간신히 들어갈 수 있을 정도인지라 안내를 하던 현지주민은 일행 중 비교적 체구가 작은 나를 눈짓한다. 의향이 있으면 한번 들어가 보라는 뜻이다. 살집이 좋은 아내는 아예 처음부터 관심도 없는 듯 먼 산을 보며 딴청을 피우는지라 내가 나서는데 그냥은 좁은 통로구멍에 어깨가 걸려 들어갈 수 없으므로 항복하는 사람처럼 두 손을 번쩍 들고 땅 속으로 내려가는데 비 오듯 흐르는 땀에다 숨은 컥컥 막힌다. 관광용으로 30미터와 50미터 길 두 코스가 있는데 30미터짜리를 택한 것이 그래도 지혜로운 선택이었나 보다.

비좁고 낮은 것은 혹시 미군들에게 발견되더라도 체격이 큰 미군들이 들어올 수 없도록 하기 위함이었단다. 지하터널의 흙을 어떻게 파냈을까? 사람이 주저앉아 호미로 파서 삼태기에 담아내었다니 그 끈기와 집념에 질려버렸다.

산에서 내려오는 길에 현지 주민들이 경영한다는 관광상품판매소에서 야자수 나뭇잎으로 만든 민속 모자를 5000동(한화 약 500원 상당)에 사서 쓰고는 그 옆에 있는 사격장에서 US 5달러를 주고 M1 소총사격을 하다. 5발 중 4발은 명중, 1발은 행방불명.

다음날 아침, 우리는 딸아이의 친구가 내어주는 일제 도요타 승용차를 타고 내가 파월국군의 한 사람으로, 대부분의 군 생활을 보냈던 베트남 중남부에 위치한 칸 화 성(省)의 수도(首都), 인구 30여 만 명의 휴양도시 나짱을 향하여 하노이까지 이어지는 1번 국도를 13시간이나 달리는, 피곤하되 가슴 벅찬 여정에 올랐다.

(2004.)

나짱

– 베트남에서(2)

베트남에 온 지 나흘째 되는 날. 오늘은 나짱(우리는 흔히 영어발음 대로 나트랑이라고 불렀다)으로 출발하는 날이다.

베트남에 오는 대부분의 한국 관광객들은 하노이와 사이공의 중간 점에 어정쩡하게 걸쳐 있는 나짱을 눈여겨보지 않는다고 하지만 나는 1970년도 월남 참전 시 거의 대부분의 시간을 나짱에서 보낸 터라 내가 꼭 가보고 싶다고 우기다시피한 일정이다.

사이공에서 나짱까지는 승용차로 8시간쯤 소요되고 국내선 항공 기로는 40분쯤 걸리는데 어떤 길을 택할 것인지 가이드인 딸아이가 내 의향을 물어본다. 결론은 이렇다. 사이공에서 나짱을 갈 때에는 가능한 한 많은 볼거리를 보기 위해서 육로로, 나짱에서 사이공으로 돌아오는 길에 비행기를 이용하기로 했다. 오지랖 넓은 딸아이는 어디론가 전화를 하고 연락을 취하더니 사업을 하는 베트남 친구가 운전기사를 딸려서 자기 승용차를 내어주겠다고 한다.

사이공을 출발하여 나짱으로 향하기 위해 우리 식구들은 한국식당에서 콩나물국밥으로 아침식사를 때우고는 일로(一路) 나짱을 향하여 하노이까지 연결된 1번국도로 달렸다. 베트남은 아직도 공산국가이고 빈부의 격차가 심하여 소수의 부자와 다수의 빈자로 양분되어 있는데 부유한 사람들은 외제차를 식구 수만큼 가지고 있는 사람들도 적지 않다고 하니, 모든 사람이 공평하게 잘살 수 있게 하는 것이 공산주의라는 말도 헛된 구호인 게 틀림없다.

빌려 탄 도요타 승용차는 승차감도 좋거니와 무엇보다도 마흔두 살이라는 운전기사가 과묵하고 지리에도 밝을 뿐만 아니라 경박스럽게 보이는 베트남 사람답지 않게 안전운전을 하는 데에서 신뢰가 갔다. 가족이 몇 명이냐고 물으니 아내와 딸만 셋이라면서 허허 웃는다. 사람 좋은 얼굴이 천하태평이다.

말이 8시간이지 가는 길에 좋은 식당을 찾아 점심을 먹는다고 헤매기도 하고 경치 좋은 곳에서는 잠시 쉬기도 하였더니 나짱에 도착하는데 13시간이나 소요되었다.

초저녁이다. 베트남 중남부에 위치한 칸 화 성(省)의 수도인 인구 30여 만 명의 휴양도시 나짱. 이곳에 무엇이 있기에 반겨줄 이도 없으련만 13시간이나 소비하며 달려왔단 말인가.

베트남은 3,450여 킬로미터에 달하는 긴 해안선을 끼고 듬성듬성 도시가 형성되어 있는데 그 중 하나로 베트남 중남부에 위치한 나짱(나트랑)은 동양의 나폴리라고 부르는 말이 허황된 아첨이 아닐 만큼 장장 6킬로미터에 달하는 비치(Beach)에 남국 특유의 야자수가 긴 그늘을 드리우고 있다. 모래사장에는 금빛 모래와 어우러져 남태평양의 시원한 파도가 억센 바다사나이를 연상시키며 물보라를 일으키는 장관을 볼 수 있는지라 한 번 주저앉으면 화장실에 갈 때에나 일어설 만치 떠나기가 싫을 정도로 바다풍광이 기가 막힌 곳이다.

나짱으로 오는 도중에, 딸아이의 말이 문화관광부 초청으로 베트남 언론인 10여 명이 한국을 방문한 적이 있는데 그때 통역을 하면서 그분들을 집으로 초대해서 식사 대접을 한 일이 있다고, 그 가운데 한 분이 나짱신문사 사장인데 "부모님을 모시고 베트남에 왔고 아버지가 나짱에서 파월 한국인의 한 사람으로 군대생활을 한 경험이 있어 나짱을 가보고 싶어 해서 모시고 가는 길이다."고 전화했더니 나짱에 체류(滯留)하는 동안의 호텔비와 오늘 저녁식사를 대접하고 싶다는데 어떻게 하겠느냐고 한다.

불감청이언정 고소원이라, 약속한 나짱호텔에 도착하니 로비에서 나짱신문사 여기자가 반가이 맞아준다. 여기자의 안내로 베트남민속 음식점(?)에 들어서서 물수건으로 채 땀을 훔치기도 전인데 40을 갓 넘겼을 듯한 신사가 반갑게 웃으며 들어온다. 나짱신문사 사장이란다. 베트남 민속주를 곁들여 반주삼아 바다가재와 이름 모를 생선찜을 맛보았는데 신문사 사장이라는 친구는 주량이 약하다며 두 잔째는 사양한다.

기왕에 입을 대기가 불행이지 나와 딸아이, 그리고 여기자가 합동으로 술병을 말려버렸다. 목적지에 무사히 도착했다는 심리적 안정감, 그리고 공짜 술에 좋은 안주와 이국적 분위기, 나는 많이 취했던 가본데 옆에서 이를 지켜보는 아내는 또다시 쯧쯧하며 못마땅한 표정이 역력하다.

신문사 사장은 언론인답게 한국의 정치와 경제에 대하여 비교적 소상히 알고 있어 묻는 말이 예사롭지 않아 대답하는 내가 당황스러웠다. 한국의 경제성장을 높이 평가하고 베트남이 배울 점이 많다고 하면서도 잘못된 정치에 대하여는 신랄하게 훈수를 하면서 비판하는데 그 강도가 예사롭지 않다.

그가 주장하는 논지(論旨)는 " 베트남은 공산당 1당 체제이나 정책의 실행 단계에서 내부적으로 찬반에 대한 다양한 의견과 충분한 토론을 거치기 때문에 굳이 다당제를 유지하면서 정권 쟁취를 위한 싸움질로 정력과 시간을 허비하는 비생산적인 정쟁을 할 필요가 없는 것 아니냐."는 것이다. 그러나 내가 알고 있는 정당정치와는 궤를 달리하는지라 그냥 웃고 넘겨 버렸다. 다투어 무엇하리. 또 다투어야 할 이유도 없는 나들이인 것을….

호텔에 투숙할 때는 몰랐는데 아침에 잠이 깨어 창문을 열어보니 우리가 묵은 호텔 바로 길 건너편에 나짱비치가 위치해 있어서 멀리 태평양의 물결이 하얀 입김을 뿜어내고 있는 것을 조망할 수 있었고 지난 날 나짱에서 군생활을 할 때 외출하여 노닐던 곳도 짐작을 할 수 있을 듯하여 30여 년의 세월을 격해 있으면서도 낯설지가 않다.

내친 김에 바닷가에 나가 모래톱을 거닐어 보며 30여 년도 더 지난 지난날의 젊은 시절을 되돌아보았다. 1970년도 1월인가? 구정공세(舊正攻勢)라고 베트콩들이 명절을 맞이하여 경계가 느슨해진 틈을 타서 자유월남군에게 불의의 일격을 가한 총공세를 말하는데, 당시 나는 군용기로 사이공에 출장을 갔다가 나트랑 공항에 내려 부대를 향하던 중에 시가전을 당하여(당시 월남전은 뚜렷한 전선이 형성되어 있는 것이 아니라 일종의 게릴라전이라고 보면 좋다) 시내 곳곳에 널브러져 있는 시체와 부상자들의 신음소리를 뒤로한 채 전쟁터에서 죽는 것이 이런 것이구나 하면서 마중 나온 운전병에게 전속력으로 부대를 향해 달리자고 정신없이 소리치던 생각, 부대에서 외출을 나올 경우에는 갈 곳이 없는지라 많은 날들을 이곳 해변 모래톱에 앉아 작열하는 태양과 쪽빛 바다만을 바라보던 생각, 밤에는 남십자성의 명멸하는 별빛을 바라보면서 젊은 가슴에 고향이 그리워 많은 눈물을 흘리던 생각들이 주마등처럼 뇌리를 스친다.

가난의 질곡에서 벗어나지 못하고 전쟁터에서 보내오는 자식의 전투수당에까지도 목줄을 의지해야 했던 부모님과 어린 동생들은 잘 있을까? 아, 보고 싶다. 부모형제, 가고 싶다 고국산천…. 그때를 생각하니 이 글을 쓰는 지금도 눈앞에 뽀얀 안개가 서린다.

넓지 않은 포장도로는 조깅을 하는 사람들로 붐비고 있어 지나는 자동차가 서행을 하면서 비켜가야 할 정도인데 아마도 더운 날씨 탓에 이른 아침을 택하여 부지런을 떠는가 싶었다. 건강을 염려하는 웰빙의 바람은 세계적인 추세인가 보다.

아침을 먹고 우리 일행은 내가 복무하던 군부대가 위치하고 있던 곳을 찾아보기 위하여 택시를 대절하여 현장을 찾았다.

그러나, 10년이면 강산도 변한다 하지 아니하던가. 더구나 타국에서 보는 30여 년의 세월은 나로 하여금 어디가 어디인지 가늠조차 할 수 없도록 하는데 택시기사의 설명과 부대 옆을 지나던 도로와 철로 등을 미루어 짐작해보니 부대가 위치했던 곳은 국군묘지가 되어 있었다.

잘 지어졌던 막사는 간곳이 없고 잡풀만 우거져 찾는 이조차 없는 적막감에 서둘러 그 자리를 피하고 말았다. 돌아오는 길에 뽀나가 참탑을 둘러보다.

뽀나가 참탑은 7세기에서부터 12세기에 걸쳐 세워졌다는데 종교적으로 신성한 곳인지라 경내에 들어가기 전에 반드시 신발을 벗도록 한다. 경내 곳곳에는 많은 석판이 있는데 주로 역사와 종교에 관한 내용이며 참족의 과거 정신세계와 사회구조를 알 수 있는 귀중한 자료라고 한다. 28미터에 달하는 높이, 계단식 피라미드형 지붕, 아치형 석조물로 된 내부의 건축양식, 이러한 예술품이 7세기 무렵에 만들어졌다고 하니, 그 정교한 손재주에 감탄이 절로 나온다.

참탑을 돌아보고 내친 길에 인근에 위치한 탑바 온천에서 벗어부치고 온천욕을 했다. 이곳의 매력은 뜨겁고 미네랄이 풍부한 진흙탕에 몸을 푹 찌면서 피로를 푸는 야외 휴양지라는 점이다. 수영장, 목욕탕, 안마서비스, 나비정원, 폭포, 식당, 카페, 등의 위락시설이 제법 짜임새 있게 늘어서 있는데 아마도 한화 3만 원 정도의 요금이면 두루 이용할 수 있지 않을까? 온몸에 진흙을 이겨 바르고 두 눈만 빼꼼하게 내어놓은 모습들을 보면서 우리는 깔깔대고 웃었다. 모처럼 가족이 한가하게 한 웅덩이 안에서 목욕을 하는 시간을 가졌는가 싶다.

돌아오면서 기이하게 생긴 바위산이 있어 물어보니 택시기사는 다음과 같은 이야기를 전해준다. 대개의 경우, 비극을 많이 경험한 나라일수록 애잔한 사랑이야기가 담긴 전설이 있기 마련인데, 나짱의

혼쭝곳 끝에 균형을 잡고 서 있는 커다란 바위 역시 선녀의 사랑이라는 전설이 있다고 한다. 커다란 바위는 손바닥 형상을 하고 있는데 어느 날 술에 취한 거인이 해변가에서 옷을 벗고 목욕하는 선녀들을 훔쳐보다가 아래로 떨어지면서 손을 땅에 짚으면서 생겨난 것이라 한다. 거인의 진실한 사랑을 확인한 선녀는 결혼을 약속하였으나 이를 시기한 다른 신들이 거인을 동굴에 가두어버렸는데 이에 상사병이 든 선녀는 거인이 돌아오기만을 기다리다가 하늘을 우러러 긴 탄식과 함께 죽었다는 전설이 깃든 바위라고 한다.

저녁식사는 김치 생각이 간절하여 현대식당이라는 상호의 한식집에 들렀다. 주인은 경상도가 고향이라는데 한산하고 손님이라고 해보아야 우리 일행뿐이다. 역시 음식점은 손님이 많은 곳을 찾아야 제맛을 볼 수 있다는 말이 맞는가 보다. 이 곳 역시 손님이 없다보니 나오는 메뉴가 신통치 않다. 그래도 한국 사람이 경영하는지라 이렇게 손님이 없어서야 영업이 되겠냐고 제법 동정어린 위로를 보내니 주인의 대답이 이러하다. 나짱은 천혜 휴양도시이지만 사이공과 하노이의 중간지점인지라 한국관광객이 별로 없어 노느니 염불이라고 부인이 부업으로 식당을 운영하고 자기는 베트남 사람을 상대로 태권도 도장을 운영하고 있다고 한다.

온종일 쏘다니느라 피곤도 하고 며칠간의 주여독(酒旅毒)도 있는지라 서둘러 숙소에 돌아와 짐을 정리하고 잠자리에 들었다. 내일은 다시 비행기로 사이공으로 간다.

(2005)

다시 하노이에서

- 베트남에서(3)

묘한 것이 세상일인가 보다. 평소 그렇게 가보고 싶다고 벼르기만 하고 정작 가보지 못했던 베트남을 30여 년이 지나서야 다녀온 지가 엊그제 같은데 또 다시 베트남을 갈 기회가 생겼다.

이번 여행은 1000년의 역사를 가졌다는 베트남의 수도 하노이와 세계자연유산으로 유네스코가 지정한 하롱베이를 둘러보는 것이 주된 목적이다. 2005년 5월 15일 18시 30분, 인천국제공항 출발, 당일 22시 30분 하노이 노이바이공항 도착, 3박 5일의 여정이다. 이번 여행을 마치면 아쉬운 대로 베트남의 북부, 중부, 남부를 두루 둘러보는 셈이다.

베트남은 인도차이나 반도의 동해안을 따라 북위 8도에서 23도 사이에 걸쳐 1,600킬로미터 이상 길게 뻗어 있고 위도와 고도(高度)가 폭넓은 범위를 차지하고 있어 기후도 다양한 편이라고는 하지만 아열대 지역에 속해 있는 만큼 북부지역이라고는 하여도 5월의 하노이 역시 무덥다. 그냥 무더운 것이 아니라 칙칙한 끈적거림이 온 몸에 스멀거리는 무더위다.

노이바이공항은 낡고 음습하여 10여 년 전 보고 느낀 소련의 모스크바 공항이 연상되어 기분이 개운하지 않다. 대기하던 버스에 올라 밤길을 달려오기 삼십여 분, 호텔에 들어 방 배정을 받자마자 곧 바로 잠자리에 들었다. 긴장했던 낮 시간의 지루한 기다림, 그리고 시차에 따른 피로, 목적지에 당도했다는 안도감이 함께 어우러진 조화로움은 이내 내 코에 북장구소리를 내도록 요란했던가 보다. 아침에 아내로부터 내 코고는 소리에 잠을 설쳤다는 핀잔을 들었다.

호완끼엠 호수를 따라 몇 백 년 된 가로수가 줄지어 열병식을 하듯 서 있는 가운데 비집고 들어앉은 탕러이호텔은 오래되어 낡고 초라하게 보이면서도 호반의 주변 경관과 묘한 조화를 이루어 그런대로 한 폭의 수채화를 보는 것 같다. 하룻밤 묵었던 호텔이다.

호텔에서 아침 식사를 마치고 서둘러 내륙의 하롱베이라고 불리는 닌빈성의 땀꼭으로 이동하였다. 논 가운데에 있는 하롱베이[용이 하늘에서 내려와 나라를 지켰다는 전설에서 유래한 하롱(下龍)의 베트남어]라는 땀꼭에서 전통적인 대나무 쪽배를 타고 수로 관광을 하기 위함이다.

말이 점잖아 쪽배이지 대나무로 만든 광주리 같은 조그만 뜰채라고 하는 것이 차라리 나을 듯싶다. 늙어가는 나도 두 손으로 들어올릴 만치 작고 가벼운 대나무 쪽배에 2명의 선객(船客)과 노를 젓는 사공이 한 조가 되어 탑승하도록 되어 있었다. 쪽배는 몸집이 작지 않은 아내와 내가 들어앉자 한 쪽으로 기우는데, 이를 보고 놀라는 우리를 보고 사공은 누런 이를 드러내면서 웃는다. 괜찮다는 표정이다. 나에 안 일이지만 그곳은 수심이 낮아서 물에 빠져도 허벅지를 웃돌지 않는다 한다.

‘땀꼭’이라는 말은 세 개의 동굴이라는 뜻이라는데 그 중의 한 곳에 들어가 흐르는 땀을 걷어내고 앉아 있으니 동굴 밖으로 나가기 싫다. 오는 길에 밀짚모자를 사서 쓰기는 했으되 차양막도 없는 대나무 쪽배 안에서 작열하는 태양 아래 그대도 노출되어 있으니 손바닥 가리개에 불과한 밀짚모자 하나로 더위를 피하려고 한 욕심이 언 발에 오줌 누기다. 저녁에 다시 하노이로 돌아와 어제 묵었던 탕러이호텔에 투숙했다.

하노이에 온 지 사흘째, 오전에는 하노이 시내에 위치한 호치민 영묘를 비롯하여 공자와 그의 제자들을 모신 문묘 유적지를 관광하였다.

깡마른 얼굴, 빛바랜 작업복, 대통령이 된 뒤에도 낡은 타이어로 만든 샌들을 신고 다녔다는 호치민(胡志明 : 빛을 가져온 사람이란 뜻)이 상을 등진 지 40년 가까이 되지만 지금도 여전히 많은 베트남 국민들의 가슴에 살아있는 지도자로 추앙을 받고 있다. 혹자는 그를 빈틈없는 사회주의 노선으로 베트남전을 승리로 이끈 전략가인 동시에 국민들로부터 ‘호 아저씨’라는 애칭으로 불릴 만큼 인간적이고 온화한 성품을 지닌 지도자라고 극찬하면서 존경하는가 하면, 어떤 이들은 평생을 독신으로 살면서 국가와 민족을 위하여 한 몸을 바쳤다는 것은 대국민 사기극이고 사실은 프랑스 여인을 비롯한 두 명의 숨겨둔 부인이 있었고, 다이족 출신의 한 여인과의 사이에는 아들까지 낳았다고 비난하면서 무자비한 경찰력으로 광범위한 밀고자의 조직망을 활용하여 재판 없는 구금과 인권 탄압을 해온 독재자라고 스스럼없이 비난하기도 한다.

호치민을 가리켜 레닌과 간디가 절반씩 반죽된 사람이라고 하면 이해하는데 도움이 될까? 스치고 지나가는 외국의 한 여행객에 불과한 나로서는 어느 편의 손을 들어줄 처지가 아니련만 역사가 창시된 이래 수많은 영웅호걸들의 행적 뒤에는 좋건 나쁘건 필연처럼 여인네들과의 풀리지 않는 실타래 같은 이야기들이 얽혀 있음은 고금이 한결같을진대, 어찌 호치민이라고 하여 예외가 있을까 하는 지레짐작만으로 궁금증을 잠재울 수밖에 없었다.

공식적으로는 민족적 지도자인 호치민이 잠들어 있는 호치민 영묘는 교통통제구역으로 군인들의 삼엄한 경계 속에 방문객들은 입구 바로 앞에서 다음과 같은 규정을 준수해야 입장할 수 있다.

첫째 : 반바지 차림은 어림없다.

둘째 : 배낭과 카메라 등은 소지 할 수 없다.

셋째 : 고인에 대한 경건한 경의를 표시하기 위하여 모자를 벗어야 한다.

넷째 : 잡담을 금지하고 주머니에 손을 넣어서는 아니 된다.

이 규정을 따라 카운터에 소지품은 보관시키고 몸수색을 한 후에야 입장할 수 있다. 날씨는 무더운데 수많은 베트남인과 외국관광객들이 어우러져 장사진을 치고 기다리기가 지루할 즈음에야 사람의 사슬은 서서히 움직이면서 큰 구렁이가 천천히 바위 틈새로 들어가듯 시신을 모신 영묘 안으로 빨려 들어간다. 영묘 안은 냉방도 잘 되어 있거니와 4~5미터 간격으로 하얀 제복을 깨끗하게 차려입은 군인들이 차렷 자세로 감시하고 있어 사뭇 엄숙한 냉기가 돈다.

호치민의 시신은 저 소련 붉은광장에 있는 레닌의 시신처럼 방부처리를 하여 유리관 속에 안치되어 있는데 금방이라도 벌떡 일어날 듯

한 착각을 느낄 만큼 생생하다. 뒤에서 밀려오는 인파는 나로 하여금 자세히 들여다볼 기회를 허용하지도 않거니와 내 조상님도 아닌데 자세히 보고 싶은 마음도 없었다. 대충대충 보고 밀려 나오는 수밖에.

영묘에서 그리 멀지 않은 곳에 호치민이 거주하였다는 조그마한 목조 건물과 공식 접견들을 하면서 집무를 하였다는 주석궁이 있었다. 주석궁은 출입을 통제하고 있었지만 호치민이 거주하였다는 초옥(草屋)같은 초라한 목조 건물은 내부를 공개하는 터라 샅샅이 살펴 볼 수 있었다. 우리나라 15평짜리 아파트만큼이나 작고 비좁은 그곳에서 한 나라의 대통령이 실제로 생활하였을까? 대통령이지만 이렇게 검소한 생활을 하였다는 것을 국민들에게 보이기 위한 쇼는 아닐까? 사실이라면 월남전 당시 미국의 오차 없는 정보망이 이를 간과하고 폭격하지 아니한 까닭은 무엇일까? 의심 많은 머리는 혼란스러워진다.

영내를 벗어난 밖에서는 사진 촬영이 가능하다고 하여 마침 옆에서 보초교대를 하고 있는 하얀 제복의 군인에게 기념사진 한 장 같이 찍을 수 있겠느냐고 물으니 웃으며 선선히 포즈를 취해준다. 강원도 전방에서 보초근무를 하고 있는 큰아이 생각에 한 순간 가슴이 뭉클하다. 아내와 둘이서 두어 장의 사진을 찍고 옆에 있는 매점에서 음료수를 한 병 사서 건네고는 앞뒤를 살펴보니, 아뿔싸! 그 사이 일행의 대열을 놓쳐 버렸다. 사람은 많고 많은데 정작 우리 일행은 보이지 않는다. 많은 사람 가운데서 정작 찾아야 할 사람이 보이지 않음이 어찌 정치판에서만이랴. 정문 쪽으로 뛰어도 가보고, 버스를 내리던 곳으로 가보아도 종적이 묘연하다.

말도 통하지 아니하고 어디가 어딘지 분간할 수도 없는 곳에서 오직 하나 의지하던 일행을 잃어버린 당혹감은 당해 본 사람이 아니면 짐작이 어려우리라. 몸과 마음이 지쳐 갈 무렵, 돌아다니면서 진을 빼느니 차라리 앉아서 당하자는 심사로 정문 앞 벤치에 앉아 있으니 낯익은 가이드가 헐레벌떡 뛰어온다. 문묘로 이동하다가 우리가 버스에 승차하지 아니한 것을 발견하고, 되짚어 왔다고 투덜댄다. 다른 일행 보기에 미안하기도 하고 점검 없이 출발한 가이드가 밉기도 하고, 반갑기도 하였다.

1070년 리 탄 똥 황제가 중국의 공자를 추모하고 학자들의 학문적 업적을 기리며 관리들의 자식들을 교육시키기 위하여 베트남 최고로 세웠다는 문묘에는 3년마다 과거에 급제한 사람들의 이름, 출생지와 업적을 기록한 현판을 경내에 세웠다는데 시험이 폐지될 때까지 116번의 시험을 치러졌으나 지금은 80여 개의 현판만이 현존한다고 한다. 문묘는 5개의 마당으로 분리되어 있었는데 그곳으로 통하는 중앙 통로와 문은 왕의 전용이었고 한쪽 통로는 문관이, 대칭으로 있는 다른 쪽 문으로는 무관이 출입하였다고 하니 중국의 문화권에 속해 있던 나라들의 풍습이 엇비슷함을 엿볼 수 있겠다.

하노이에서 점심을 마치고는 곧바로 하롱베이가 위치한 미쓰린호텔로 이동하였다. 하롱베이[하롱만(下龍彎)] : 용이 하늘에서 바다로 내려온 곳이라는 뜻을 가진 하롱베이는 전설에 의하면 용이 해안을 향해 내달리면서 꼬리를 휘저어 계곡과 협곡을 휘젓고 파헤쳐 낮은 곳은 바다가 되고 높은 곳은 산이 되었다는데, 통킹만의 에메랄드 빛

푸른 바다 위에 항공모함처럼 떠 있는 3000여 개의 오밀조밀한 섬과 석회암으로 이루어진 기암괴석과 수많은 동굴은 가히 절경이라 아니할 수 없겠다. 유네스코 세계문화 유산으로 지정되었다 한다.

어떤 이는 베트남의 하롱베이를 중국의 계림과 비견(比肩)하기도 하나 보기에는 조물주께서 바둑알을 뿌려놓은 듯한 그 많은 섬들과 주변 조화의 어우러진 오묘함은 계림보다는 하롱베이를 앞자리에 앉히고 싶다. 손에 잡힐 듯이 가까이에 있는 섬들 사이사이로 관광유람선은 분주히 왕래하는데 어디쯤에서인가 배가 멈추는가 싶더니 바다 한가운데 있는 가두리 양식장 앞이다.

베트남에 오기 전에 귀가 아프게 듣고 온 다금바리 회에 소주 한잔을 곁들이면 기가 막힌다는 바로 선상살롱(?)이란다. 이국의 정취가 서린 쪽빛 다도해 가운데서 작열하는 태양의 시선을 뒤로하고 선상에서 갓 잡아 올린 싱싱한 생선회를 안주삼아 준비해간 소주 한잔을 기울이면서 천하의 절경을 손에 쥐고 있으니 그 기분은 시공時空을 초월하여 옛날 이태백이 달을 훔치러 물속에 뛰어든 심사를 짐작할 수 있겠다. 밤과 낮을 분별함이 없어 술과 안주만 있으면 어린아이처럼 좋아하면서 분수와 처지를 몰각(沒覺)하는 남편을 곁에 둔 아내는 또다시 얼굴색이 흐려지더니 이내 고개를 돌려버린다.

여수에서 왔다는 김 사장과 서울에서 고등학교 교사로서 정년퇴직 기념여행을 왔다는 양 선생과 주거니 받거니 하는 사이에 배가 싱겁게도 선착장에 도착하는 바람에 주변 경관을 제대로 볼 수 없었음은 지금 생각해도 아쉬움으로 남는다. 허나, 인간사 다 그렇고 그런 것.

지구에 붙어 있는 한 점 파리똥만큼도 못한 산과 섬 가운데 한 가지 더 보고 덜 본 것이 무에 그리 대단한 것인가? 저무는 통킹만의 석양은 예나 지금이나, 장엄한 그 빛을 잃지 않거니와, 비가 자주 내리는 이 나라에서 한순간을 머물다 가는 이국의 나그네가 하롱베이의 낙조를 제대로 감상할 수 있다는 것 자체가, 이 또한 선택된 자만이 누릴 수 있는 행운이 아닐는지 스스로를 자위한다.

서둘러 하노이로 이동하여 호완끼엠 호수 변에 자리한 한국음식점(이름을 잊어버렸다)에서 늦은 저녁으로 백반을 먹었다. 그 곳은 하노이를 찾는 한국 여행객들을 주 고객으로 삼는 저렴한 가격의 음식점인가 보다. 어디에 있다가 그 많은 한국 여행객이 한꺼번에 찾아왔는지 3층 건물이 터지라고 홀마다 빽빽하게 들어찬 백의민족(?)은 8도의 방언을 모두 모아 비빔밥을 만들었는지 시끄럽기가 부산 자갈치시장은 뒷전이고 허겁지겁 입에다가 음식을 넣는 그 모습들은 보는 내가 절로 숨이 가빠온다.

부끄럽다. 우아하게 느긋한 기분으로 음식을 먹으면서 조용조용 담소를 나누는 서양의 코쟁이들이 저런 모습을 보면 무어라고 할 것인가. 나 역시 먹는 둥 마는 둥 저녁식사를 마치고 하노이 노이바이 공항으로 이동하여 인천행 비행기에 탑승하니 0시 30분. 자리에 앉아 눈을 감고 엎치락뒤치락 하기 4시간여. 어수선한 주변의 인기척에 눈을 뜨니 뿌옇게 밝아 오는 기창 밖으로 낯익은 인천공항 활주로가 보이고 비행기는 착륙을 위한 기지개를 켰다.

(2005.)

6월이 오면

– 베트남에서 (4)

1975년 4월 30일, 사이공에 위치한 자유 월남의 통일궁에 호치민이 지휘하는 월맹군의 탱크가 진입하여, 불과 43시간 전에 대통령에 취임한 월남의 즈엉 반 민 장군이 월맹군에 무릎을 꿇고 항복하던 날, 주월 한국군의 한 사람으로 우방의 자유와 평화를 수호한다는 명분아래 열사(熱沙)의 나라에서 전선 없는 전선을 누빈 바 있는 필자로서는 자못 착잡한 감회를 금할 길 없었다.

민주맹방(民主盟邦)이라는 한 가지 이유 때문에 미국은 천문학적인 재화와 폭탄을 투입했고 우리 전우들이 고귀한 피를 흘리면서 지켜내고자 했음에도 불구하고 공든 탑이 무너지듯 하루아침에 두 손을 들고 항복하여야 했던 가장 큰 패인(敗因)은 무엇인가?

그것은 한 나라의 평화와 자유, 그리고 안전보장은 그 나라 국민 스스로 지키려는 노력을 포기할 때에는 아무리 막강한 외부의 원조도 사상누각에 불과할 뿐이라는 역사적 교훈으로 우리에게 시사하는 바가 자못 크다고 한다면 필자의 독단적 판단일까?

지나간 역사는 되돌릴 수 없다. 그러나 지나간 역사는 기억하고 있다.

6월이 되면 우리는 다시 한 번 기억하여야 한다.

북한의 위정자들이 무력적화 통일이라는 맹신에 사로잡혀 탱크를 앞세우고 3·8선을 넘어 동족상잔의 피비린내 나는 6·25사변을 일으켰던 사실을….

밀고 당기는 3년여에 걸친 전쟁의 와중에서 피아간에 1백만이 넘는 고귀한 동족의 피는 푸른 산하를 붉게 물들였고, 전 국토는 초토화되었으니 일찍이 고요한 아침의 나라에 이보다 더 큰 민족적 비극이 없었던 역사적 사실을 우리는 잊어서는 안 된다.

통일 없는 휴전은 원치 않는다는 이 민족의 절규도 외면당한 채 미·소 양 대국의 타율적인 타협에 의한 휴전이 싱겁게 성립된 지 어언 60년.

이 땅에서 나고 자라 환갑이 채 안된 젊은이들이여!

당신들은 그대들의 할아버지와 아버지, 그리고 삼촌이나 형들이 몸소 겪었을 이 민족적 대 비극을 경험해 보지 못한 세대들일진대 전쟁의 상처가 얼마나 크고 아픈지를 짐작이나 하는가?

필자는 6·25사변 중에 피난살이의 고통을 몸소 겪으면서 전쟁으로 인한 상처가 얼마나 큰지를 잘 알고 있는 늙은 세대다.

휴전은 휴전이지 결코 평화가 아니다.

155마일 선상에 그어져 있는 휴전선을 경계로 장기간 고착화되어 가고 있는 휴전을 곧 평화가 정착된 것으로 착각해서는 안 된다.

세계 10위권의 경제대국이 되었다고 자랑만 할 일이 아니다. 아직도 북한 지역 이름 모를 계곡과 산하에 묻혀있는 13만여 명의 국군 유해를 찾아 편안히 모시지 못한 무능함을 부끄러워하여야 한다.

뿐만 아니라 5천여 명에 달하는 이 나라의 젊은이들이 어찌하여 먼 나라 이국 땅 월남에까지 가서 죽어야 했던가를 한 번쯤 되새겨 볼 일이다. 그들이 꼭 자유 민주 우방인 월남을 지켜내기 위한 명분 있는 목적만으로 파병되었던가? 아니면 원수 같은 배고픔의 질곡(桎梏)과 가난에서 벗어나 보고자 하는 몸부림은 없었던가?

할 말은 아니지만, 지금의 대한민국이 좋긴 좋다.

명색이 사회 지도층이라고 하는 사람들이 고위 공직 취임을 위한 청문회를 하면 부동산투기, 세금 포탈, 병역 미필, 그리고 위장전입이라는 4대 필수과목을 이수하지 않은 사람이 별로인 나라, 20여 년 전 무단 입북하여 김일성을 찬양하던 임수경 같은 여자가 국회에 입성하여 둥지를 틀고 앉아서는 다른 동료 의원이나 탈북자들에 '변절자'라는 쌍말을 내뱉으며 스스로가 북한 당국자 행세를 하거나 국가 주요행사에서 국기에 대한 경례나 애국가 제창을 거부하면서 "종북보다 종미가 더 문제"라고 하는 이석기 같은 자가 국회의원이 되어 있으면서 합법적으로 국가의 주요 기밀을 접하고 있는 나라, 이것이 오늘날 대한민국의 현실일진대 이 나라의 정체성은 과연 무엇이란 말인가.

지금도 북한방송을 보고 듣고 있노라면 여자 아나운서의 표독스런 말투에는 냉기가 돌고 독기가 묻어난다.

6월이 되면 또 하나 할 일이 있다. 그것은 이 땅에 태어났기에 이 땅을 지키다가 순국하신 많은 순국선열들의 호국정신을 다시 한 번 되새겨 보고 깊은 감사를 드리자는 것이다.

그것이 이 땅에서 자유를 누리면서 풍요로운 오늘을 살고 있는 우리가 가져야 할 선열과 호국장병들에 대한 최소한의 예절이기 때문이다.

괴테 생가(生家)

- 독일에서(1)

가로등 불빛조차 얼어붙은 듯이 졸고 서 있던 모스크바 공항을 뒤로하고 3시간여를 비행하여 독일의 프랑크푸르트 공항에 내렸을 때 우리를 마중하는 가이드 박 선생의 첫 마디는 이랬다.

"탈출에서의 성공을 축하합니다."

소련의 공산 정권이 붕괴되었다고는 하지만 아직도 눈에 보이지 않으나 감각적으로 와 닿는 억압과 통제에 찌든 그 스멀거림의 감시망이 소련을 다녀본 사람이면 누구나 공통적으로 느껴본 생각임을 이 한마디로 알 수 있겠다.

불과 3시간 비행이면 닿을 수 있는 두 도시련만 분위기가 이렇게 대조적으로 다를 수 있단 말인가.

모스크바가 칙칙한 음산함, 권태로운 무기력, 이빨이 주저앉아 내려 느물거리는 늙은 곰의 추한 모습이라면 프랑크푸르트는 아침이슬을 함초롬히 머금고 갓 피어나는 장미꽃의 싱싱함이랄까, 아니면 생기발랄한 젊은이가 티 없이 맑은 표정으로 창공을 박차고 마음껏 뛰어오르는 도약과 비상의 도시라고나 할까.

김포 공항의 24배 크기. 전 세계를 향해서 1분 30초 만에 1대꼴로 이착륙한다는 비행기의 분주한 몸놀림 때문만으로 오는 느낌은 아닐 게다.

　살아 움직이는 거리, 프랑크푸르트. 그러나 정작 내 가슴에 크게 고동의 스위치를 점화시킨 것은 거대한 프랑크푸르트공항의 활주로가 아니라, 낡았지만 깨끗하게 정리되고 그리 크지 않으면서도 전 세계의 관광객을 상대로 손짓하는 거대한(?) 괴테의 생가를 찾았을 때다. 괴테 일가가 3대에 걸쳐 살았다는 조그만 2층집. 여기가 "이 지구가 멸망하는 날까지 이보다 더 위대한 대 문호는 나지 않을 것이다."라고 독일인들이 극찬을 아끼지 않는 대 문호(大文豪) 괴테가 태어나고 자랐단 말인가.

　전 독일인의 정신적 지주로서 2차 대전 직전까지만 해도 전국에 산재한 괴테의 동상이 2천여 개에 달했다고 하니 그에 대한 독일 국민의 숭상의 정도를 가히 짐작할만하다.

　괴테, 정확하게는 요한 볼프강 폰 괴테(1749.8.28 출생, 1832.3.22 사망)는 이곳 프랑크푸르트 암 마인에서 아버지 요한 가스팔 괴테와 카테리나 엘리자 베르 텍스트르라는 조금은 길고 복잡한 이름을 가진 어머니 사이에서 태어났다. 아버지는 법률을 공부하고, 추밀원 고문관의 직함을 가진 부유하고 교양 있는 신사였으나 자식에게는 엄격한 성품이었고, 어머니는 당시 프랑크푸르트 시장의 딸로서 유머감각과 상상의 재능이 뛰어났다고 한다. 엄하고 교육열이 높았던 아버지는 여러 명의 가정교사를 두고 어린 소년 괴테에게 가혹할 정도의 엄격한 교육을 시킨 반면 어머니는 괴테에게 많은 이야기와 동화를 들려 주었다고 한다.

위인은 우연히 태어남이 아니고 환경에 따라 만들어지는 것인가. 훗날 괴테가 가진 폭넓은 교양의 기초와 풍부한 작품 구상은 이와 같은 가정교육의 요람에서 그 터를 잡았다고 생각되자 가정교육이 사람의 인격 형성에 얼마만큼 중요한 것인가, 특히 그 곳에서 알게 된 어머니의 교육 방법은 내 아둔한 머리에 깊게 각인되었다. 그녀는 괴테가 어릴 적에 약 280여 개에 달하는 옛이야기나 동화를 들려주었는데 그때마다 단순히 사실의 나열만이 아니라 사전 계획을 세우고 교재를 이용한 설명으로 괴테의 풍부한 상상력에 날개를 달아 주었다는 것이다. 예컨대, 도깨비에 관한 이야기를 할 때는 도깨비를 손수 만들어서 그것을 손에 끼고 보여주면서 이야기를 해 주는 방법 말이다. 한마디로 시청각 교육을 실시한 것이다. 그것도 적지 않게 280여 가지나. 어릴 적 30촉짜리 전구 밑에서 양말을 깁고 계신 어머니에게 옛날이야기를 졸라대면, 어머니는 이야기 좋아하면 가난하게 산다고 하면서도 심청이야기를 들려주시곤 하셨다. 그럴 때마다 나는 얼마나 많은 눈물을 흘렸던가.

"너, 우는구나?"

"아—니, 눈에 티가 들어갔나 봐." 하면서 의젓해지려고 하던 그 치기어린 어릴 적 모습이 오십이 넘은 지금도 기억에 생생하거니와, 손으로는 양말을 기우면서 눈길 한 번 주는 일 없이 입으로만 들려주던 이야기 한 토막에도 눈물을 찔끔거렸거늘 하물며 사전 계획에 의해 풍부한 학습 자료까지 동원하여 실감 있는 이야기를 전개해 나가는 어머니의 입담 좋은 구연(口演)에 어린 괴테가 깊은 감회를 받고 자라 후일 대 문호가 되었다는 것은 결코 우연이 아닐지도 모른다.

괴테, 그는 대단한 연애 박사였던 것 같다. 15세 때 이미 연상의 처녀 그레트 렌과의 사랑 놀음이 그것인데 그레트 렌은 괴테의 순수한 열정을 어린애 취급하며 깔아뭉개는 바람에 첫사랑은 무참히 깨어지고 말았다.

부유하고 여유 있는 집안 환경에서 자라 새처럼 자유를 만끽하던 그의 끼 있는 기질이 어찌 여기에서 사랑의 걸음마를 멈추리. 라이프 치히대학에 입학해서는 여관집 딸 케르헨쇤코프와 사랑을 나누기도 하고, 외가 쪽 친척인 노처녀 폰 클레인 베르크에게 눈짓을 주기도 했으며, 스물두 살 때는 목사의 딸인 프레데리케브리온과의 사랑이 또한 그것을 입증한다. 그 뿐인가, 슈트라스 부르크에서 변호사 자격을 얻어 독일 제국 대심원에서 법률사무 실습 동안에는 동료인 케스트너의 약혼자 샤를로테브흐를 사랑하다가 괴로워하며 떠나기도 했으니 저 유명한 〈젊은 베르테르의 슬픔〉을 지은 모체가 바로 이 사랑의 괴로움을 노래한 것이 아닌가. 괴테의 여성 편력은 여기에서 막을 내린 것이 아니다.

은행가의 미망인 세네만의 집에 들랑거리다가 16살인 그 집 딸 릴리와 사랑에 빠지기도 하고, 7년의 연상인 샤를로데 폰 슈타인 부인과 사랑 겸 우정의 양수겸장(兩手兼將)을 두기도 했고, 더욱 놀라운 사실은 환갑 진갑 다 넘긴 고희의 나이인 73세에 마리엔 바트에서 17살의 소녀 울리케 폰 레비츠를 사랑한 일이다.

　유럽여행을 마치고 나서 나는 괴테의 전기를 다시 한 번 읽어 보았거니와 이 대목에 이르러서는 혀를 끌끌 차지 않을 수가 없었다. 그어린 것과 결혼까지 생각한 이 푼수 빠진 노인네에게 도저히 박수를쳐줄 수가 없었기 때문이다. 40을 갓 넘긴 그녀의 아버지에게 청혼을했을 때 레비츠의 아버지는 이미 명성이 전 유럽에 자자한 노대가(老大家)를 감히 마주 보지는 못하고 먼 산을 응시하며 "나이가 너무 어려서…"라고 제대로 말도 못하면서 청혼을 거절했다고 한다.

　문화와 생활양식의 차이에서 오는 혼란스런 가치 판단일까. 우리나라 같았으면 가히 주간지의 톱뉴스 감이다 하고 많은 사람들의 입방아에 오르내리다가 제 명에 죽지도 못했을 것이다. 어쩜 괴테의 눈은 젊고 아름다운 여자만 보면 물불을 가리지 않고 목석을 구별함이없이 눈이 멀어 버리는 색맹이었는지도 모른다. 그런데도 그는 어찌하여, 이런 여성편력이 지저분해도 손가락질 당하지 않고 이 지구상에서 가장 위대한 문호라는 찬사로만 미화되고 도금되어 표출되는가.

　나의 결론은 이렇다. 괴테, 그는 사랑의 홍역을 치르고 나면 반드시 주옥같은 작품들을 토해냈다. 희곡 〈여인의 변덕〉에서 출발하여〈빌헤름마이스터의 수업시대〉, 저명한 역작 〈파우스트〉 〈들장미〉앞에서 잠시 언급한 〈젊은 베르테르의 슬픔〉 〈이피케니에〉 〈타소〉〈로마애가〉 〈마리엔 바트의 애가〉 등등 작품은 모두 괴테의 사랑역사와 무관하지 않은 작품들이다. 이로 미루어보면 괴테의 사랑은 좋은 글을 쓰기 위한 전초전이 아니었을까. 범부(凡夫)에 지나지 않는 나로서는 짐작할 수 없거니와 미루어 살피건대 괴테는 사랑의 달콤한 아픔과 배신 뒤에 오는 허탈과 분노를 삭이는 좋은 처방으로 천부적 재능을 유감없이 발휘하여 좋은 역작(力作)을 남긴 것이 아닐까.

괴테, 괴테의 생가를 찾아보고 나서 나는 그가 단순한 글쟁이가 아님을 알았다. 현장에서 들은 바에 의하면 괴테야말로 위대한 정치가, 법률가였으며 수학박사로서 천문학의 대가였고 음악과 미술에는 프로급의 수준이었다고 한다. 놀라운 일이다.

문학을 하던 사람이 수학박사였다니. 실제로 현장에 전시되어 있는, 그가 그렸다는 여동생의 초상화는 무딘 내 눈에도 썩 잘 그려진 작품으로 보였고, "아름다운 여자의 벗은 모습은 머리를 맑게 한다."는 비망록의 고딕체 글씨조차 욕심이 날만큼 잘 썼다. 사실을 확인할 수는 없었지만, 키 작은 어머니를 위해 그가 손수 만들었다는 의자 겸 사다리는 웬만한 공예가 뺨친다.

미국의 유수한 컴퓨터 회사에서 세계적 위인 100사람의 행적을 컴퓨터에 입력시켜 본 결과 만유인력을 발표한 뉴턴의 IQ가 196으로 1위, 그리고 괴테가 195로 2위였다니 그의 천부적 재능이 어떠했는가를 알겠거니와 인도와 셰익스피어를 바꿀 수 없다고 자랑하는 영국인들에게 셰익스피어를 어찌 괴테와 비교할 수 있느냐고 응수하는 독일인들의 오만함에도 수긍이 가는 대목이 있음을 알 수 있겠다. "그것은 단순한 작품이 아니라 인간과 신의 대화"라는 역작 「파우스트」를 귀국 후에 다시 한 번 읽어 보려고 했으나, 범속한 나에게 신(神)은 대화를 외면하고 만다. 도통 이해도 되지 않거니와 재미도 없어 몇 줄 읽어 보다 덮어 두었다.

　"좀 더, 빛을…."

　위대한 문호 괴테는 이 한마디를 끝으로 이 세상과 대화의 막을 내렸거니와 이 또한 얼마나 멋있는 한마디인가.

　괴테 생가를 뒤로 하고 나서는 이방의 여객(旅客)인 나의 등 뒤로 겨울 빛이 따사롭게 졸고 있다.

(1994. 2. 24)

이곳이 개성이다

– 한국 2제

개성이란 무슨 뜻인가. 열린 개(開), 성 성(城)이니 열린 성이라는 뜻이다.

이름에 걸맞게 일찍부터 개방되어 고려 500년 도읍지로 예성강을 통하여 국제 상업도시로 상공업이 발달했던 도시. 그 개성이 경색된 남북관계의 암울한 구름에 가려 문을 닫으려 하고 있다. 이유야 어찌 되었든지 이래서는 안 된다.

필자는 지난 11월 11일, 난생 처음 북한 땅 개성을 기웃거릴 기회가 있었다. 북한 땅 개성으로 들어간다는 설렘으로 파주에 위치한 호텔에 투숙하여 긴 겨울밤, 잠을 이루지 못하고 뒤척이다가 기상한 시간은 4시 30분, 아침식사를 하는 둥 마는 둥 급한 발걸음으로 호텔 문을 나섰다.

일행을 태운 관광버스는 여명(黎明)을 깨트리고 쾌속으로 질주, 파주의 임진각 도라산역 근처에 위치한 남북출입국 사무소에 도착했다. 시간은 6시 45분경, 이 곳에서 발권 및 출경 수속을 마치고 늦어도 8시경에는 북측의 허가를 받고 군사분계선을 통과하여야 하기 때문에 서둘러야 한다고 동승한 안내원이 일러준다.

우리 일행은 서두르면서도 일사불란하게 수속절차를 마쳤다. 문패만큼이나 큼직한 개성 관광증을 가슴에 달고 대기하고 있었으나 9시가 지나도록 버스는 움직일 줄 모른다. 안내원의 설명에 의하면 종종 북측으로부터 입경허가가 나지 않아 이렇게 기다리는 일이 있으나 관광하는 데는 크게 문제될 것이 없다고 안심을 시키지만 처음 당하는 일행들의 표정에는 사뭇 긴장과 낭패감이 감돈다. 버스 안은 조용하고도 지루한 침묵이 흐른다.

오랜 기다림 끝에 버스가 시동을 거는 듯싶더니 곧바로 남방한계선을 통과하고 비무장지대를 경유, 북방한계선을 넘어 북한 땅 개성에 도착하는데 걸리는 시간은 불과 30분이 채 되지 않는다. 목청 큰 사람이 고함을 지르면 들릴 것 같은 지호지간의 거리다.

군사분계선, 남북을 합하여 4킬로미터, 우리의 셈으로 쳐서 고작 십리길이건만, 이 길을 넘는 것이 이렇게도 힘들단 말인가. 철없는 철새들조차, 자유롭게 넘나드는 내 조국 산하이건만 이순(耳順)의 나이가 지나도록 마음대로 다닐 수 없다는 자괴감에 마음이 편치 않다.

북방한계선을 넘어서자 북측 안내원이라는 남자 2명이 동승한다. 한 사내는 진짜 안내원인 듯 이곳저곳에 대하여 설명을 해주는데 뒷좌석에 앉아 있는 사내는 시종 한 마디 말도 없다. 추측건대 감시원이 아닐까?

개성은 북한 8대 도시 중의 하나, 인구 30여 만, 저기 보이는 산이 해발 489미터에 이르는 그 유명한 송악산이라고 안내원이 설명 겸 손짓을 하는데 산에는 나무가 별로 없다. 그러고 보니 주변의 산들이 모두 벌거숭이산들이다. 땔감이 부족하여 시탄용으로 마구 베어내고 옥수수와 감자를 재배한다고 개간을 하다 보니 민둥산이 된 것이다. 참으로 안타까운 정경이다.

개성공단지역을 지나 개성시내를 관통하여 맨 처음 도착한 관광지는 박연폭포. 그 옛날 황진이와 서화담, 박연폭포를 가리켜 송도 3절이라고 하였다. 말로만 귀가 아프게 들어온 박연폭포의 그 어느 곳에서도 황진이의 모습은 찾을 길이 없는데 큰 바위에는 다음과 같은 글이 음각되어 있어 보는 이의 마음을 안타깝게 한다.

이 사랑 영원히 노래하라 박연폭포여.
어버이 수령님의 크나큰 은정이 강산에 굽이쳐 흘러내리는가.
대흥산성 높은 벼랑을 타고 내리는
인민의 명승 박연폭포
오랜 세월 착취자들이 유흥 터로
빛을 잃었던 이곳이
오늘은 인민의 유흥지로 꽃폈나니
설레는 숲도 어버이 수령님의 그 사랑을 노래하네.

또한 폭포 위에 있는 대흥산성에는 개성시 인민위원회에서 이런 내용의 비문을 새겨놓았다.

위대한 수령 김일성동지께서 위대한 령도자 김정일동지께서는 여러 차례 이 곳에 오시어 고적들을 잘 보존함에 대하여 가르치시었다.

'위대한 수령 김일성 동지께서와 위대한 령도자 김정일 동지께서는'이라는 부동문자가 있다. 그 후 범사정, 선죽교, 숭양서원, 성균관, 등등의 고적을 둘러보는 동안 안내판의 앞부분에서 틀림없이 각인되어 있음에 아연실색하지 않을 수 없었다.

박연폭포에는 우리 일행 외에 북한의 관광객은 한 사람도 보이지 않고 우리를 상대로, 한복을 곱게 차려 입은 가판 판매원 아가씨들만 몇몇이 서성일 뿐이다. 가판대에는 옥수수 빵과 약수 물 등의 간략한 먹거리가 초라하게 진열되어 있었는데, 무조건 2달러씩이다. 형태에 비하면 비싸지만 호기심으로 약수 물과 옥수수 빵을 사서 일행과 나눠 먹었다. 가을 하늘 아래 곱게 물든 단풍잎은 남과 북이 다름없어 지금 이 시간에도 남한의 명승지는 관광객들로 넘쳐나련만 인민의 유흥지라는 박연폭포에는 어찌하여 한 사람의 인민도, 관광객도 보이지 않는단 말인가. 생각이 여기에 머물자 가을바람에 흐르는 박연폭포의 물길 따라 남쪽에서 온 나그네의 마음도 착잡하다.

12시경 개성 시내로 되돌아 나와 민속려관이라는 곳에서 북측에서 자랑하는 13첩 반상기로 차려진 점심을 먹었다. 말이 좋아 13첩 반상기지 윤기 없는 쌀에 조를 섞어 지은 밥에 시골 동네식당에서 내놓는 오천 원짜리 백반보다 나을 것이 없는 밥상이다. 찬이라고 해도 기껏 콩나물, 콩자반, 무말랭이, 도라지, 시금치, 버섯 등의 채소에 한두 첨의 고기가 놓인 것이 고작인데 우리 돈으로 셈하여 18,000원 정도란다. 턱없이 비싼 편이다. 점심을 마치고 근처에 있는 숭양서원을 찾았다.

"고려 말 충신이었던 포는 정몽주 선생의 옛 집터에 1573년에 이조 봉건시기의 지방사립교육기관의 하나로서 간소하게 지었으나 크고 작은 건물들을 합리적으로 배치하고 조화시킨 우수한 건축물로 약 430년의 오랜 역사를 가지고 있어 당시의 역사와 문화를 연구하는데 의의가 있는 건축유산"이라고 안내판에 씌어있다.

다시 근처에 있는 선죽교를 찾았다. 다리 옆에 있는 비석은 정몽주를 기념하여 세운 것인데.

위대한 수령 김일성 동지께서와 위대한 령도자 김정일 동지께서는 여러 차례 이곳을 찾으시어 문화유적들에 대한 관리를 잘하여 주변을 근로자들의 문화 휴식터로 꾸린데 대하여 가르치시었다. 선죽교는 고려 초기에 놓은 다리로써 길이 8.35미터. 너비 3.36미터이다. 원래 선지교라고 하던 것을 고려 충신이었던 정몽주가 리성계의 정권탈취를 반대하다가 이 다리에서 피살된 다음 그 자리에 참대가 돋았다고 하여 선죽교라고 하였다. 1780년 선죽교 둘레를 돌란간으로 막고 그 옆에 따로 다리를 만들어 사람들이 건너 다니게 하였다. 선죽교는 고려 수도였던 개성의 오랜 역사를 전하여 주고 있다. ─개성인민위원회

보탬도 뺌도 없이 안내판에 기재된 그대로다.

근로자들의 문화휴식처라는 이곳 역시 근로자의 모습은 보이지 않고 우리 일행뿐이다.

앞에서 밝힌 바와 같이 선죽교는 역사에 나오는 유명세에 비하면 보잘것없을 만큼 작고 초라한데, 다리 아래로는 발목을 적실만큼 얕은 도랑물이 흐르고 있어 저런 곳에서 포은 선생이 척살 당했다는 것이 믿어지지가 않았다. 만고 충신이 한둘이 아니련만 정몽주 선생의 충절은 백년을 여섯 번 더한 오늘날까지도 인구에 회자되고 있으니 죽어 오히려 그 이름이 빛남은 이를 두고 하는 말이 아닐까.

다시 우리는 근처에 있는 고려박물관을 찾았다. 그러고 보니 개성 관광은 유적지가 가까이 그만그만한 위치에 있었다. 우연일까? 아니면 남한에서 오는 관광객을 편하게 관리하기 위하여 지척에 있는 곳만을 보여주는 것일까? 고려박물관에는 특기할 만한 유물이 전시된 바 없고 오히려 박물관이라는 명칭으로 불리는 것이 초라할 정도인데, 다만 한 가지 눈길을 끄는 것은 고려 말 최무선 장군이 화약을 사용하여 왜구를 섬멸한 진포대첩에 대한 내용을 회화(繪畵)화하여 전시하고 있는 것이다.

진포가 어디인가. 다른 지역 출신이라면 그냥 지나칠 수도 있겠지만 내 고향 군산의 옛 지명이 아닌가. 타국 땅에서 고향친구를 만난 양 반가움을 금할 수 없었다. 고려 우왕 6년 500여 척의 대 선단을 이끌고 노략질하기 위해 금강으로 침입한 왜구를 최무선 장군이 화포를 사용하여 대승을 하였으며 당시 사용한 화포가 서양보다 200여 년이 앞선 것이었다는 여자 안내원의 설명을 듣고 있다가 여기에서 말하는 진포가 바로 우리 고향인 군산의 옛 지명이라고 지적해 주자 내심 놀라워한다.

최무선 장군은 경상도 영주 땅에서 태어났고 진포대첩은 우리 고장 금강에서 이루어진 전투인데 아무런 연고도 없는 북한 땅 개성에 위치한 고려박물관에서 자랑스럽게 전시되고 있는데 정작 있어야 할 우리 고장 군산에서는 진포대첩에 대한 표지판 하나 발견 할 수 없음이 못내 아쉽다.

개성관광은 말이 좋아 관광이지 북측에서 지정하는 장소만 둘러보고, 그곳에서만 사진촬영을 할 수 있다. 따라서 안내원을 제외한 주민을 만날 수도 없지만 설혹 만난다고 해도 대화를 나눌 수는 더더욱 없다. 버스가 이동하는 순간부터 촬영을 할 수도 없고 손가락질을 할 수도 없다. 일행 중 한 사람이

"김정일의 어머니가 누구요?"

라고 무심코 안내원에게 물었다가

"말을 삼가시라요. 김정일 장군이라고 하라요."

라고 면박을 당하는 수모를 겪기도 했다.

새로 포장된 큰길을 따라 막다른 산기슭에 커다란 김일성수령의 동상이 서 있는데 그 앞까지는 언감생심 가지도 못하고 멀리서 이를 배경으로 하여 기념사진은 찍을 수 있으되 자칫 김일성수령의 하반신이 사진에 나오는 사람에게 가리어져 보이지 않게 될 경우 통관과정에서 삭제되는 것을 보았다.

개성 중심가를 벗어난 시골길의 마을 입구에는 어김없이 군복을 입

은 군인들이 한두 명씩 부동자세로 서있다. 미루어 짐작컨대 주민들의 이동을 통제하고 있는 것이 아닐까?

인구 30만이라는 개성시의 중심지에는 아파트와 단독주택이 혼재하고 있는데 우리나라 같으면 벌써 재건축을 했어야 할 낡은 아파트와 60년대 초를 연상케 하는 주택들이다.

회색빛 우중충한 건물, 거리를 지나가는 주민들의 웃음기 없는 무표정한 얼굴, 남루한 옷차림, 이따금 낡은 자전거를 타고 가는 주민들의 모습, 시멘트로 포장된 4차선 도로가 휑하니 넓게 보일 만치 한산한 거리(과장이 아니라, 개성에 체류하는 시간 동안 자가용은 보지도 못하고, 2차 대전을 주제로 하는 영화에서나 보았음직한 트럭만 몇 대 보았다), 중심가를 조금 벗어나 구부러진 좁은 동네 고샅은 가을바람에 먼지만 표표히 날리는데 어린아이 서넛이 맨 땅에서 무슨 놀이를 하는지 고개를 숙이고 열심인 것이 두어 뼘 작은 버스 차창을 통하여 스쳐 보인다. 이것이 북한 8대 도시의 하나라는 개성의 겉모습이다. 사정이 이러할진대 그 내부는 들여다보지 않아도 사는 모습을 짐작할 수 있겠다.

인간의 행복지수는 무엇으로 측정되는가. 모두가 똑같이 못사는 세상, 그래서 비교의 상대가 없는 이웃들이 도토리 키 재기나 우물 안 개구리처럼 엇비슷한 생활환경에서 오는 뒤틀린 만족감.

문득 가난의 질곡 속에서 주린 배를 움켜쥐고 특별한 놀이가 없어 땅따먹기나 술래잡기로 긴 여름 한나절을 무료하게 보내던 5,60년 전 어릴 적 고향마을이 생각난다. 이것이 공산주의가 말하는 평등의 사회란 말인가. 매사에 불평불만으로 가득하던 내 마음에 잔잔한 동요가 인다. 어쩌면 나의 불평과 불만은 복에 겨운 투정이 아니었던가 하고 반성을 하면서 말이다.

남북이 통일되어야 하는 것은 우리 민족의 지상과제다. 그러나 지금과 같은 극단적 체제의 이질감 속에서는 통일 또한 요원한 숙제다. 물에 빠진 자는 비를 두려워하지 않는 법, 이미 비를 두려워하지 않는 북한 동포들에게 우리가 먼저 따뜻한 옷과 음식을 준비해 주는 아량을 베푸는 것은 어려운 일인가. 무거운 마음을 안고 북녘 땅을 뒤돌아서는 것은 비단 석양의 지는 노을 때문만은 아니었다.

(2009.)

이곳이 군산이다

K형,

추석명절에 다녀가신 지가 엊그제 같은데 벌써 보름이 지났습니다.

"하나도 변하지 않았어. 30년 전이나 지금이나 똑같아. 눈을 감고도 다닐 수 있겠어."

오랜만에 만나 본 형의 첫 인사는 군산이 하나도 변하지 않았다는 이야기였습니다.

변화가 있다손 치더라도 어릴 적 눈 때가 묻은 고향산천은 반가운 법이거늘 하물며 변화가 없어 낯익은 고향거리, 그리고 건물들을 바라보는 형의 반가움에 겨운 순수한 마음을 모르는 바는 아니로되 듣는 저의 심사는 별로 편치 못했습니다. 30년 전에 출향한 형이 눈을 감고도 다닐 수 있는 곳이라면 이 땅에서 나고 자라 환갑을 넘긴 저야 오죽하겠습니까?

K형, 그러나 군산은 분명히 변하고 있습니다. 인구가 줄어들어 두 사람이던 지역출신 국회의원도 한 사람으로 바뀌고, 한때는 흥청망청 지나가던 개도 돈을 물고 다닌다던 군산항 근처는, 해떨어지기가 무섭게

째보선창에서 해망동에 이르기까지 다섯 손가락을 접지 못할 만큼 사람의 왕래가 없는 불 꺼진 항구라는 소문이 자자하도록 변하고 있습니다.

다른 지역이 하루가 다르게 앞서가며 발전할 때 물구나무서서 기어가는 곳, 이것이 오늘 군산의 변하는 모습입니다.

선거철만 되면 국회의원이나 시장, 심지어 시의원 입후보자들까지도 김장철에 담가놓은 묵은 김치 우려먹듯이 외치는 1억 2천여 만 평의 땅이 생긴다는 새만금사업이 어떻고, 고군산 열도를 아우르는 해양관광단지의 개발을 어찌하느니, 금방 군산 시민 모두를 부자로 만드는 도깨비방망이 같은 이야기는 신물이 나도록 하도 많이 들어온지라 문외한인 저 같은 사람도 국정교과서 암기하듯이 알고 있는 곳이 바로 형과 저의 고향인 군산의 모습입니다.

K형, 30년의 공직생활 가운데 아파트 한 채 장만하고 좋아하는 아내와 거실에서 뒹굴던 때가 엊그제 같은데 벌써 15년의 세월이 흘렀습니다. 구입 당시에는 그 돈으로 서울은 몰라도 수도권의 아파트는 무난히 장만할 수 있었는데 지금은 팔아도 전셋집도 마련하지 못한다고 합니다. 원래 가진 것이 없으니 부동산 가격이 뛰거나 말거나 나와는 상관없는 일이라고 생각했는데 일이 이 지경이 되니 억울한 마음이 드는 것은 나만의 속물근성일까요? 이것이 군산의 모습입니다.

K형, 저라고 어찌 훌훌 털어버리고 대처로 떠나고 싶은 충동이 없었겠습니까만 그래도 고향땅 군산을 외면할 수 없는 것은 가진 것이 없으니 용기도 없거니와 무엇보다도 월명산을 오르는 재미가 쏠쏠하기 때문이었습니다. 월명산 자락에 둥지를 틀고 있는 저로서는, 높지

도 낮지도 않아 기력이 있는 삶은 기력이 있는 대로, 노약자는 노약자 대로 자기 역량과 기분에 따라 오르내릴 수 있는 어머니 품 같은 월명산이 있기에 군산에 사는 보람을 느낀답니다.

금강을 뒤로한 채 한겨울 대륙에서부터 쏟아져 내려오는 억센 북풍을 막아주면서 천년을 한결같이 겸손한 듯 의연하게 서 있는 월명산.

근래 월명산의 맨 봉우리인 점방산 정상에 전망대가 세워졌습니다. 참 좋습니다. 11미터 높이의 전망대에 올라서면 군산의 전경은 말할 것도 없고 멀리 서천과 장항이 보이고, 허풍스런 사람은 어청도까지도 한 눈에 들어온다고 합니다. 그런데, 그런데 말입니다. 그 옆에 날카로운 비수처럼 반사되는 아침햇살을 받으며 스테인리스 강판으로 제작한 안내판이 어울리지 않는 몸짓으로 서 있습니다.

월명산 전망대에 관하여

아름다운 월명공원 가운데 제일 높은 점방산은 동서남북이 확 트여 옛날부터 봉수대가 있어 역사적 의미가 뚜렷한 곳으로 팔각정이 있었으나 낡아 제대로 기능을 하지 못했다.

이제 전망대를 건립하여 일출 월출 낙조를 한꺼번에 볼 수 있는 명물로 다시 세우게 되었다.

총공사비 2억 4천만 원을 들여 2004. 6. 30. 착공, 10.1. 완공하였으며 자연보전을 위해 자재를 헬리콥터로 일일이 운반한 어려운 공사였다. (이하 생략)

2004. 10. 1. 군산시장

제 4 장

편
지

아파트 앞에서

어머님께 드리는 글

어머님,

잎새 없는 앙상한 감나무 가지 사이에 걸쳐 있는 달빛이 창백하리 만치 맑아, 차라리 푸르게 보이는 겨울밤입니다.

동짓달의 밤은 그렇지 않아도 길건만 평소에도 잠이 짧으신 어머님께서는 이 긴 밤을 어떻게 지내고 계신지요?

칠남매, 여섯 아들에 양념딸 하나, 모두를 성가(成家)시켜, 멀리는 만리타국 미국에서부터 서울에 이르기까지 민들레꽃 수술마냥 흩뿌려 놓고 매일 자식 걱정 돌려가며 하시느라 여념이 없으신 당신께서 지금은 또 어느 자식 걱정을 하고 계실까 생각해 봅니다.

어머님,

한겨울 이맘때면 얼굴보다도 더 큰 토끼털 귀싸개를 하고 누렁코를 손등으로 문지르며 어머님의 행주치마 끝단을 쥐고 종종걸음을 치며 따라 다니던 대여섯 어릴 적 기억이 새롭습니다.

그때만 해도 어머님께서는 부잣집 딸답게 곱고도 아름다우셨습니다. 그리고 철없는 이 자식은 어찌 그리도 어머니 곁을 떠나지 않으려고 떼를 써댔던지.

하오나 속된 세월의 흐름 탓인가.

시렁 위에 주렁주렁 걸어놓은 메주덩이처럼 자그마치 칠남매를 낳고 기르시느라고 그 곱던 얼굴, 아름다운 모습은 골 깊은 주름살과 검버섯이 가득한 얼굴로 변하셨습니다.

그 뿐인가요? 한시도 곁을 떠나지 않겠다고 징징대며 따라다니던 이 자식은 또한 제 생활이 바쁘다는 허울 좋은 핑계로 찾아뵙기를 게을리 하고 있으니 이 무슨 조화속인지 모르겠습니다.

어머님,

지난번 생신 때이던가요? 멀고 가까운 곳에서 찾아온 크고 작은 자식들, 그래서 모처럼 식구가 자리를 함께한 것이 그리도 좋아보였던지 떡국을 장만하신다고 흰떡을 어눌하게 썰고 계시던, 늙은 호박껍질처럼 투박하고 거친 어머님의 손등을 보았을 때, 저는 저도 모르게 목젖이 뜨거워져 뒤꼍에 혼자 나와 눈시울을 붉혔습니다.

이제는 고희의 나이에 접어드신 어머님께서 이 세상 영화를 본 듯 얼마나 더 사시리오만 오십을 바라보는 이 나이가 되도록 어머님의 얼굴에 웃음 가득 전해드릴 효도 한 번 변변히 못해 드렸으니, 고통 속에 낳은 자식의 도리가 이래서야 되겠습니까?

참으로 죄스럽습니다.

한낱 미물에 불과한 길가마귀도 저를 낳아 준 어미가 늙고 병들면

정성으로 봉양한다 하여 옛 선인들은 반포의 은혜[反哺之孝]를 말씀하셨거니와 하물며 만물의 영장이라는 인간이, 배움의 물을 마셨다는 자식이, 어리석고 아둔하기가 저 까마귀만도 못하니 참으로 하늘이 두렵고 세상보기가 부끄러울 뿐입니다.

어머님, 기억하실는지요?

10년이 세 번도 더 지난 옛날, 그러니까 제가 둥근 테 모자에 검정 교복을 입고 다니던 중학생 때인가요?

어머님께서 몹시 편찮으셔서 제가 서툴고 거친 솜씨로 한약을 짜드리다가 약탕기를 부엌마루에 엎지르고는 망연자실, 우두커니 서 있다가 죽을 꾀를 낸 것이 수저로 한 술, 두 술 주워 담았을 때, 약을 가져올 시간이 훨씬 지났음에도 나타나지 않는 저를 궁금히 여기신 어머님께서 부엌으로 뚫린 조그만 봉창문으로 저의 이 몰골을 시종 다 보시고도 모른 체 하셨던 일 말입니다.

아니 오히려 "네, 고생이 많구나" 하시며 다른 말씀 없이 태연히 그 주워 담은 약을 드셨으니 어머님의 넓고 깊은 마음을 어찌 아둔한, 이 자식이 짐작이나 했겠습니까. 오직 어머님께서 모르고 계신 것만을 다행으로 생각하고 좋아했으니—.

몇 년이 지난 후 어머님께서 전혀 모르리라고 믿었던 이 일을 무슨 말 끝에 웃으면서 말씀하셨을 때, 얼마나 죄스럽고 부끄러웠던지 지금도 그 때의 기억이 선연하옵니다.

참으로 고맙고 감사하올 따름입니다.

어머님,

남들은 자식 덕분에 외국 나들이도 안방 드나들 듯 한다는데 외국
은 고사하고 동네 머슴살이하는 장 서방 내외도 다녀왔다는 그 흔한
제주도 관광조차 못 시켜드렸으니 자식의 무심과 불효가 가이 끝닿을
곳이 없는 듯하옵니다.

어머님,

이제 저도 자식을 낳아 길러보니 자식 키우기보다 더 조심스럽고
어려운 일이 없음을 알겠고, 지난날 철없이 걱정을 끼쳐드릴 때마다
"너도 이제 자식 낳아 키워보아라. 이 에미 심정을 알 것이다."라고
하신 말씀이 새록새록 깨우침으로 가슴에 맺혀오고, 없는 살림에 구
김 없이 칠남매를 키우시면서 남 보기 크게 부끄럼 없이 가르치신 어
머님의 몸과 마음고생이 어떠했겠는가를 이제야 겨우 제 경우를 미루
어 짐작하고 있습니다. 이 겨울이 다 가기 전 아버님께서 불편한 탓에
먼 거리 출타는 어렵다손 치더라도 가까운 온천에라도 내외분 며칠
다녀오도록 하십시오.

그리고 건강하게 오래오래 사십시오.

정말입니다.

불효자식 올림

(1991.)

C선생에게

친구여 !

평소 이런 선생님을 만나 보았으면 하고 생각하였습니다. 또 나는 친구가 이런 선생님이 되었으면 하고 조그만 바람을 가져 봅니다.

아침 출근길에 허둥지둥 쫓기듯이 교문을 들어서는 선생님이기보다는 조금 앞선 시간에 집 대문을 나서서 여유 있는 걸음걸이로 교문을 들어서는 그런 선생님이 되었으면 좋겠습니다.

거역할 수 없는 세월의 흐름 탓에 머리엔 한두 올 잔설이 내리고, 눈가에 드리운 잔주름 어쩔 수 없다손 치더라도 어린애마냥 콧노래를 흥얼거리며 상큼한 기분으로 출근하는 습관을 가진 그런 선생님이 되었으면 좋겠습니다. 운동장 모퉁이에서 팔방치기 하던 소년들, 축구공을 따라 얼굴이 벌겋게 상기되어 가쁜 숨을 몰아쉬는 개구쟁이들, 가방을 메고 재잘거리며 삼삼오오 짝지어 등교하던 아이들이 출근하는 당신의 주위에 모여 들면서,

"안녕하세요? 선생님."

하고 스스럼없이 반갑게 인사할 수 있는 친근감 넘치는 선생님. 그때

고무공이 튀어 오르듯 탄력 있는 목소리로 "그래, 너희들도 안녕?" 하면서 가볍고 익숙한 솜씨로 머리를 쓰다듬어 줄 수 있는 상냥하고 자상한 선생님이 되었으면 좋겠습니다.

사람이 제 부모와 처자식만을 사랑하기로 한다면 세상살이가 얼마나 삭막할 것인가 하고 독백처럼 이야기하던 어느 작가의 말이 스쳐 갑니다.

비록 집안에 크고 작은 걱정거리가 있어도 그것이 수업에까지 이어지지 않도록 세심한 마음 씀씀이를 갖고 남의 집 귀한 자식을 맡고 있다는 사명감을 가진 선생님을 보고 싶습니다. 4, 50명의 학급 어린이를 어떻게 똑같이 사랑하라고 할 수 있을까마는 그렇다고 한두 사람만을 치우치게 사랑하는 선생님은 싫습니다. 당신만을 따르는 철없는 그 어린 것들, 햇병아리같이 귀여운 어린이들에게 비록 내 속으로 낳은 자식 같이는 할 수 없다 하더라도 몸에 매를 대는 데는 주저하고 사랑이 그윽한 눈길을 주는 데는 인색하지 않는 훈훈한 잔정이 몸에 밴 그런 선생님이 되었으면 좋겠습니다. 선생님의 실력(능력)과 체벌은 반비례한다고 말하면 나의 지나친 속단일까요? 살다 보면 열 번도 더 넘게 변하고 바뀌는 것이 사람이라 했습니다. 오늘 당장 구구셈 속 빠르게 맞추지 못하고, 반대말 뜻풀이를 제대로 짚어내지 못한다 해서 어찌 저능아, 바보라 할 수 있으리. 꾸중에 앞서 칭찬을 풍성한 덤으로 선사할 수 있고, 그래서 우리 선생님이 제일이라고 늘 속으로 감사 받을 수 있는 그런 마음씨 고운 선생님이 되었으면 좋겠습니다.

배움이 짧은 탓도 있지만 그런대로 많은 선생님을 맞이하고 보냈으면서도 지금 이 나이에 돌이켜 보아도 이분이야 말로 참다운 나의 스승이었노라고 자신 있게 꼽아 볼 수 있는 은사를 갖지 못한 마음에 속상해지는 때도 있습니다. 스승의 날이 되어도 조그만 카네이션 한 송이 사들고 찾아뵙고 싶은 스승이 없는 제자의 곤혹스런 처지를 교사인 당신은 상상이나 해 보셨습니까?

친구여 !

다람쥐 쳇바퀴 돌 듯 교실에서만 복작거리며 몇 년을 우려낸 달랑 교과서 한 권 들고서 칠판만 두드려 대는 선생님은 싫습니다.

아지랑이 아롱대는 봄철에는 시냇가 바위틈도 뒤적거리고, 저수지 둑 밑에서 행운의 네잎클로버 찾으면서 얽혀 있는 이야기를 들려줄 수 있는 선생님. 태양이 작열하는 여름방학 때에는 아이들을 데리고, 이 산 저 산 찾기도 하고 밤하늘의 별자리를 관찰해 보기도 하는 썩 크고 넓은 마음을 길러 주는 그런 선생님. 그런가 하면 낙엽 지는 늦가을에는 낮게 깔리는 '이브 몽땅'의 고엽을 들으면서 교실 창가에서 팔짱끼고 고즈넉이 먼 산을 응시하면서 사색의 시간을 가져 보기도 하는 넉넉한 마음을 가진 선생님을 만나고 싶습니다. 나는 이런 멋깔스런 선생님을 가져 본 기억이 없음이 못내 아쉽습니다.

사람 사는 세상이 다 그러하듯이 어쩌다 교장 선생님이나 다른 동료 선생님들과 언짢은 말다툼도 있을 수 있겠지만, 그런 경우에도 이내 웃음 짓는 삽삽한 선생님이 되었으면 좋겠습니다. 좁은 마음에 한

번 토라지면 같이 근무하는 동안 서로가 서로를 얼굴조차 마주하지 않으려 하고 작은 이해에 얽혀 누대를 척지고 내려온 앙숙처럼 지내면서 앉기만 하면 뒷말을 끄집어내려고 힘쓰는 선생님을 볼 때는 듣는 이의 심사도 편치 않음을 우리는 잘 압니다. 선생님이라고 저 버킹검궁의 근위병처럼 입 꼭 봉하고 엄숙하여야 할 까닭은 없을 것 같습니다. 50의 나이에도 풋풋한 스승의 젊음을 간직할 수 있다면 이 또한 멋이 아닐는지요?

함박눈이 펑펑 쏟아지는 겨울 어느 날, 때로는 퇴근길에 동료 선생님들과 목로주점의 난롯가에 앉아서 푸짐한 사발 잔에 넘치는 대포 한 잔으로 목을 축이고 시국 이야기를 할 수도 있고, 새터마을 김서방 내외가 난생 처음 비행기 타고 제주도 여행 다녀온 시시콜콜한 이야기로 웃을 수도 있다면 하루의 피곤이 눈 녹듯 풀리지 않을까 싶습니다.

분위기에 따라서는 나이트클럽에서 신나게 몸 흔들며 고고를 추어본들, 그런다고 그게 무슨 큰 허물이며 망신이라 이르리오. 하지만 그런 때에도 술집문밖을 나서면서는 몸의 중심을 바로 잡을 수 있는, 이성을 가진 선생님이 되었으면 좋겠습니다. 선생님 스스로가 자존을 포기할 때면 보는 이가 더욱 안타깝게 느껴지기 때문입니다.

친구여 !

선생님들의 보수가 적다고 이야기할 때엔 넉넉한 생활을 영위하여야 아이들을 가르치는 일이 신바람 날 터인데 그렇지 못한 현실에 같이 마음 아파하면서 우리의 마음도 편치가 않답니다. 하지만 월급에다 보너스까지 타게 되는 달에는 결코 얇지 않은 봉투의 두께에 조금은 겸손해 하면서 어려운 가운데 나보다 더 어려운 이웃들에게 가느다란 시선이라도 보낼 수 있는 선생님이 되길 바람해 봅니다.

이제 오십의 나이가 그리 많다고는 볼 수 없을지라도 유한(有限)한 인생에 비추어 보면 이 또한 짧기 만한 세월이 아닐진대 삼십 년의 교단생활에서 친구여 ! 당신은 얼마나 많은 제자들을 기억 속에 간직해 두었나요? 차근차근 추억의 나래를 접어 갈무리하면서 한 번쯤 뒤안길을 되돌아봄직도 하지 않는지? 후회 없는 평생의 길을 걸어왔다고 늘 자신 있게 이야기할 수 있는 선생님, 그래서 나처럼 스승의 날에도 찾아뵙고 싶은 스승이 없는 제자가 아닌, 늘 제자들의 기억 속에 남아 있는 스승이 되길 빕니다. 당신은 능히 그렇게 할 수 있으리라 믿습니다.

(1992.)

작은 바람

야트막한 언덕 위에 조그만 집 하나 짓고 싶다.

욕심을 부린다면 앞이 시원하게 트이고 탯줄을 내린 금강이 굽어보이는 곳, 그곳에 봄볕이 넉넉하게 찾아드는 뜰을 가진, 졸듯 누워있는 그런 집을 짓고 싶다.

삶의 질곡 속에서 지치고 피곤하여 눈꺼풀조차 느슨한 기타 줄처럼 풀릴 때, 소리 없는 가랑비에도 까닭모를 낮은 슬픔이 잔파도처럼 마음구석을 적실 때, 오뉴월 한낮이 겨운 시골 장날의 파장 무렵 같은 게으른 권태가 나른하게 엄습할 때, 가을 낙엽이 그리움 되어 누군가 문득 보고 싶거나, 돌 지난 어린애 주먹만큼 덩어리진 흰 눈이 인심 후하게 내릴 때, 빼꼼한 베란다의 창문을 통하여 새어나오는 고층아파트의 파란 형광등 불빛이 야행성 동물의 눈빛처럼 스산한 차가움으로 다가올 때, 슬그머니 빠져나와 누구 눈치 볼 필요도 없이 찾아가 두 다리 쭉 펴고 마음 편하게 숨 쉬며 지낼 수 있는 작은 집—나는 그곳에서 호롱불의 그을림을 닦던 어릴 적처럼 등잔의 심지를 돋우고 옛날을 더듬어 만져보고 싶은 작은 바람이 있다. 이른 봄에는 쇠스랑으로 깔쭉거려 일군 텃밭에 상추와 쑥갓 씨를 뿌리고 가꾸어 솎아낸 풋풋한 어린 잎새를 밥상머리에 올려놓으리라. 한 차례 달디 단 봄비가 가볍게 스치고 지나간 뒤엔 청초한 보랏빛 도라지 몇 포기 심을 거고 곁에서 제 홀로 피는 수줍은 제비꽃은 더부살이 하도록 눈감아 주어야지.

뜨락 한 모퉁이에 허리 굽힌 노송 한 그루쯤 있으면 더욱 제격이련만 내 작은 집 형편에는 과분할 것 같다. 언덕을 오르내리는 길섶에는 봄의 첨병인 개나리를 촘촘히 심어두고 귀여운 노란 꽃잎들이 갓 깨어난 병아리와 함께 벌이는 열병식을 지켜보면서 희어지는 머리칼을 노란 동심으로 물들여야지.

초여름 어느 날 백지처럼 하얀 초승달이 뜨는 밤이면 맑은 하늘에 총총히 떠 있는 별들을 손짓하면서 어릴 적 할머니가 들려주시던 달걀귀신 이야기를 기억의 곳간에서 꺼내 보기도 하고, 청아한 서당도령의 글 읽는 소리처럼 먼 곳에서 들려오는 개구리 합창에 박자 맞춰 나도 따라 노래를 불러야지.

개굴 개굴 개굴 개굴 ― 네가 나를 모르는데,
개굴 개굴 개굴 개굴 ― 내가 너를 알겠느냐?

언덕 위의 작은 집. 이 집에 걸맞지 않은, 가분수 같다고 웃어버릴 만큼 시원스레 트인 커다란 창문을 내겠다. 이 창을 통하여 나는 작열하는 태양과 함께 은어처럼 현란하게, 명멸하는 금강의 물결을 눈이 시도록 바라볼 것이며, 하얀 겨울에는 지백(至白)의 설광(雪光)을 숨소리조차 죽여 가면서 만끽할 것이다. 또한 내 작은 집 시원스런 커다란 창가에 앉은뱅이 찻상을 두어야지. 진한 커피 한 잔씩을 부담 없이 마시면서 시시콜콜한 주변 이야기를 거리낌 없이 지껄여도 훗날 뒷이야기가 없을 두엇의 친한 벗들을 초대하기 위해서다.

가을이 깊어가는 밤에는 주전자의 물 끓는 소리가 고요하고 고요한 정밀을 깨어도 좋아하는 음악처럼 소중히 이를 인내하면서 이 찻상 위에 두어 권의 책을 얹어놓고 읽어야지.

나는 언덕 위의 작은 이 집에서 영원의 둥지를 틀고 살아가고 싶은 거다. 그리하여 많은 세월이 지나 곱게 늙은 어느 날, 낮에 흐느끼듯 찾아 온 죽음 앞에서 아주 담담한 마음으로 하얀 수의를 단정히 입고서 홀연히 이승을 떠나야지. 그리하여 내가 사라지고 없을 때, 사랑하던 내 이웃과 친구들이 나를 회상할 때, 가끔가끔 내가 그리워질 때, 세상을 참으로 곱게 살다가 떠난 사람이라고 나를 추억해 주었으면 싶다.

(1992.)

침묵하는 아빠의 노래

아가.

강보에 싸여 예쁜 짓을 한다고 어리광을 피우던 때가 엊그제 같은 데 네가 벌써 예비숙녀라는 여고 3학년이라니 세월의 덧없음을 새삼 알 것 같구나.

어느 날이던가, 거실에 팽개쳐 있는 네 책가방을 방으로 옮겨 놓기 위해 무심코 들어본 순간 그 무게에 말은 아니 했다만 깜짝 놀랐단다. 아빠가 어릴 적 어른들을 따라서 오성산으로 나무하러 다니며 지고 가던 지게 짐보다 더 무겁게 느껴지던 그 책가방이 주는 중압감. 들어 올려도 다시 굴러 떨어지는 저 희랍신화에 나오는 시시포스의 끝없는 무위(無爲)의 도전처럼 시험이라는 지겨운 작업 속에서 헤어나지 못 하고 지치고 처진 모습으로 오이장아찌처럼 파김치 되어 귀가하는 네 모습을 볼 때, 할 수만 있다면 그 고통의 절반이라도 이 애비의 몫으 로 하고 싶은 것이 솔직한 심정이다.

먹지처럼 캄캄한 하늘엔 잔별만이 총총하고 먼 곳에 있는 무논의 개구리조차 잠이 든 깊은 밤, 학교에서 돌아오지 않는 너를 기다리다

못해 학교로 찾아 나섰을 때, 야간경기를 하는 야구장만큼이나 환하디 환한 백색의 형광등 불빛이 온 교실 창문마다 쏟아져 나와서 싸늘한 나신(裸身)처럼 서있는 교정의 나무들을 적시고 지나가는 그 섬뜩한 차가움에 아빠 마음은 까닭 없이 무거워지더라.

전쟁이다—. 그렇다. 이곳은 즐거움과 꿈과 낭만이 깃든 추억의 장(場)으로서의 학교가 아니라 점수라는 고지탈환을 위한 전쟁터로 탈바꿈한 거다. 아빠는 이렇게 혼자 외워 보았단다.

'여고 3학년—.' 생각하면 얼마나 근사한 때인가. 얼마나 매력 있는 낱말인가. 솜사탕처럼 달고 부푼 꿈속에서 아카시아 향기 은은하게 코끝을 간지럽히는 5월에는 네잎클로버를 찾으면서 교정에 앉아 토셀리의 〈세레나데〉를 부르기도 하고, 여무는 계절의 전령인 귀뚜라미가 찾아주는 늦가을에는 스승의 아내 슈만 클라라를 죽도록 사랑하면서 끝내 독신으로 생애를 마친 요하네스 브람스의 〈마르레르의 봄〉을 들으며 눈물을 찍어내기도 하고, 〈젊은 베르테르의 슬픔〉을 읽으며 지는 한숨을 굳이 감추려 하지 않는, 늘 푸르게 기억되어야 할 시절—. 이것이 여고 3학년의 멋스러운 참모습일진대, 모를레라.

황소 뿔도 물러 빠진다는 삼복더위에도 책상머리를 떠나지 않던 네가 기어이 백기를 들고

"아빠, 나 학교 가기 싫어요. 죽고 싶어요."

라고 애비의 어깨에 매달리며 눈물방울을 뚝뚝 떨어뜨리고 절규하던 날, 이 애비의 가슴은 저려오는 아픔에 몸 둘 바를 모르면서 남의 집 걱정으로만 치부했던 고3병이 내 눈 때가 묻은 너에게까지 옮겨 왔다

는 사실에 누구에게라고 딱히 말할 수 없는 분노가 치미는 것은 어쩔 수 없었다.

인연이 무엇이기에, 너를 곁에서 지켜보면서 너와는 또 다른 색깔의 아픈 앙금을 가라앉히지 못하고 서성거려야 하는가.

보여 줄 수 없는 저 화롯불의 열기처럼 마음속 깊이 묻어 둔 자식 사랑의 부모 온기(溫氣)를 네가 어찌 헤아릴 수 있을지?

아가.

삭막한 고층 아파트를 올려다 볼 때처럼 까마득하게 보이는 대학입시의 계단에 서서 주저앉으려 하는 너를 안쓰러운 눈길로는 바라볼지언정 나무랄 수 없는 아빠는 자꾸 문질러도 돋아나는 여드름처럼 잊혀 지지 않는 지난 날을 회상해 본다.

온 식구가 둘러앉으면 밥그릇 긁는 소리가 청개구리 울듯이 시끄럽던 가난한 7남매의 장남으로 대학 진학은 꿈도 꿀 수 없었던 아픈 기억. 공부하기 싫어서가 아니라 하고 싶어도 할 수 없었던 그 체념의 속앓이. 공납금 걱정 없이 학교에 다니고 있는 네가 행여 짐작이나 할 수 있으리.

"No Pains, No gains.(고통 없이는 얻는 것도 없다)"라는 서양격언은 너에게는 사치스런 충고일는지.

대학 입시가 오두백마생각(烏頭白馬生角)이라는 말처럼, 까마귀 머리가 희어지고 말에 뿔이 돋을 수는 없는 법인데, 찬바람 분다는 처서, 백로의 절기도 지났으니 지나친 긴장을 풀고 크고 긴 심호흡으로 재도전의 충전을 해보았으면 싶다.

졸고 있는 여우가 닭을 잡을 수 없듯이, 봄에 익는 과일치고 오래 갈무리할 수 없듯이, 지금은 비록 인고의 시간, 시련의 아픔이라는 뒤안길을 돌고 있지만 초겨울 어느 날 대학 합격의 큰 열매를 너는 틀림없이 수확할 수 있을 거라고 아빠는 믿는다.

내 딸 하나야, 너는 능히 그리 할 수 있다는 것을 믿는다.

아빠가

(1992.)

눈이 오시는 날을 기다리며

세모(歲暮)에는 눈이 오시는 날을 만났으면 좋겠습니다. 스산한 바람결에 한 점 낙엽조차 소리 소문 없이 저버린, 그래서 까닭모를 서글픔과 또 한 해가 덧없이 지나가고 있다는 안타까움이 때 묻은 앙금되어 가슴에 젖어 올 때 풍성하고 넉넉한 마음을 가진 친한 친구의 미소 같은 눈이 오는 겨울을 만났으면 좋겠습니다.

눈이 오는 날이 어찌 어린애와 강아지만의 축제이리.

다소곳이 머리 숙인 촌색시의 수줍음같이 남 알세라 밤새 조심스럽게 소담스런 은빛 비늘되어 내 창가에 머물고, 가을걷이가 끝나 버린 황량한 들판과 오만스럽게 버티고 서있는 도심의 회색빛 건물까지도 침묵하는 속삭임 속에 깨끗한 백색의 이불 호청으로 온통 따뜻하게 덮어 주는 여유를 가진 은백(銀白)의 설광(雪光)을 만나는 날은, 오십이 다 된 이 나이에도 선머슴애로 뒷걸음쳐지는 탄성과 흥분을 가눌 수 없습니다.

이런 날에는 팔짱끼고 창밖을 응시하면서 솜틀에서 갓 태어나온 목화솜의 푸근함 같은 눈송이를 두 손 모아 안아주고 싶은 강한 충동을 느끼기도 하고, 아스라이 먼 옛날, 오줌이 마려울 때도 도화지처럼 깨끗한 눈밭에 서서 바지를 내리고 고추를 꺼내 일필휘지 왕희지 필체로 자기 이름을 쓰되 누가 더 크게 끝까지 써 내느냐고 시합을 하던 개구쟁이 어린 시절 친구들의 얼굴이 떠오르면서 궁금하기도 하고, 고샅길을 긴 목청으로 누비고 지나가던 호떡장사의 걸쭉한 목소리도 그립고, 길목에서 초라한 사과상자 목판 위에 군밤 두어 무더기를 얹어 놓고 피곤하게 앉아 있던 몸뻬 차림의 아줌마 모습도 아련한 추억 되어 만나보고 싶습니다.

찾아오시는 손님 가운데에도 만나서 뛸 듯이 반가운 사람이 있는가 하면 만나고 싶지 않은 불청객이 있듯이 오시는 눈도 눈 나름이라 어지러운 야시(夜市)의 네온사인처럼 제 분수 넘치게 난분분한 진눈깨비 되어 어수선하게 내리는 눈은 싫습니다.

진하디 진한 색채를 더덕더덕 짓이겨 발라 숨이 차도록 틈새가 없는 유화(油画)가 아니라 담담한 수채화같이 그윽하고 무언가 궁금해 하면서 호기심 있는 비밀의 상상을 안고 오는 듯한 여백을 두고 내리는 펑펑 쏟아지는 함박눈이 좋습니다.

푸짐하게 인심 후한 함박눈이 오시는 날은 시공(時空)을 초월하여 말없는 가운데 혼자만의 시간을 가져봄도 좋겠습니다.

어쭙잖은 사람과 만나 별로 내키지 않는 말대답을 하면서 억지웃음으로 안면근육을 우그려 부치는 것보다는 차라리 혼자서 있는 때가 마음 편한 경우가 있듯이 아무도 걸어 본 적이 없는 순백(純白)의 오솔길을 뽀드득 뽀드득 외로운 발자국 소리를 길게 남기며 걸으면서, 그 뒤에 오는 정적의 포근한 정감을 만끽하면서 잘게 흩어진 낙엽 같은 추억들을 주워 모아 맑은 향기 가득 찬 혼자만의 이야기를 간추려 봄도 진솔한 삶의 한 폭이 아닐는지요.

결코 화려하거나 오만하지 않으면서도 그렇다고 비굴해 보이지도 않는 순수하면서도 청초한 눈. 눈.

나는 계절을 희롱하지 아니하고 겨울의 전령되어 이맘때면 어김없이 내 앞에 나타나는 이 한낮의 함박눈을 사랑합니다.

얼마 전에는 지리산을 찾은 적이 있습니다. 단풍이라는 또 다른 꽃이 핀 늦가을 만추(晚秋)의 저녁 햇살은 피곤한 듯 서산을 기웃거리는데 구름은 머물러 골짜기마다 운무의 병풍을 드리웠고, 가까운 듯 멀리 보이는 반야봉은 성급하게도 백설의 두건(頭巾)을 쓴 채 점잖고 의젓하게 앉아 있었습니다. 아! 그 때의 침착하도록 신비한 설산의 장엄한 광경을 나는 평생을 두고 잊을 수 없을 것 같습니다.

눈이 오시고 나면 이 해(年)도 기울겠지요. 그리고 여름 햇살에도 녹지 않던 내 귀밑의 흰머리는 그 수치를 더해 갈 것입니다. 그러나 두려운 것은 흰머리가 늘어나는 것이 아니라 세월의 흐름 속에 석고처럼 굳어져 가는 감정의 퇴화작용입니다. 늦가을 억새풀보다 더 억세어져 가는 메마른 감정을 어서 빨리 함박눈이 내려서 푸근하고 여리게 감싸 주었으면 하는 조그만 바람을 가져봅니다.

(1992.)

제 5 장

역지
사지

본명 '베드로'로 영세 받다

원칙과 예외

춘추 전국시대 노나라 땅에 미생(尾生)이라는 선비가 있었습니다. 그는 사랑하는 여자와 다리 밑에서 만나기로 하였으나 어찌된 일인지 약속시간이 지나도록 여자는 나타나지 아니하고 강물은 차차 불어나 발목을 적시더니 나중에는 무릎을 거쳐 목까지 차오도록 다리 기둥만을 부둥켜안고, 그 자리를 지키다가 결국은 물에 빠져 죽었습니다. 이를 가리켜 후세 사람들은 미생지신(尾生之信)이라고 하며 융통성 없는 원칙에만 지나치게 집착하여 더 큰 일을 그르치는 경우 이를 경계하고 있습니다.

만화작가 최규석이 쓴 우화집에 〈가위, 바위, 보〉라는 이야기가 있습니다.

어떤 문제든지 '가위, 바위, 보'로 결정하는 마을이 있었습니다.

힘들고 어려운 일이 있어도, 무엇을 나눌 일이 있어도 '가위, 바위, 보'로 결정을 합니다.

그러나 사람들은 크게 불평을 하지 않았습니다. 왜냐면 누구든지 늘 이기거나 지는 경우는 있지 않을 것이기 때문입니다.

그런데, 이 규칙 때문에 고민이 생긴 사람이 생겼습니다.

그는 얼마 전에 부락의 위험한 일을 돌보다가 손을 다친 후로는 주먹을 펼 수가 없게 되었던 것입니다.

처음 얼마 동안은 주먹을 내는 것만으로도 웬만큼 버틸 수가 있었습니다.

그러나 마을주민들은 그가 주먹 이외는 낼 수 없다는 것을 서서히 알게 되었고, 마침내 그와의 대결에서는 모두가 보자기를 내는 것이었습니다. 그는 부락의 모든 궂은일을 도맡아 하여야 하는 억울한 처지가 되었습니다.

그는 이 불공정한 게임의 룰을 바꿀 것을 마을주민들에게 탄원하였습니다. 마을의 대표는 규칙을 지키면서 규칙을 바꿀 수 있는 좋은 방법이 있다고 하였습니다.

"그게 뭔가요?"

"이 개정안을 놓고 '가위, 바위, 보'를 하는 거지"

예외 없는 원칙이 가져오는 모순을 우회적으로 비판한 것입니다.

다음은 어느 중학교 국어시험 문제 가운데 하나입니다.

문제는 이렇습니다.

"어려운 일이 겹쳤을 때에 쓰는 사자성어 중 (　) 안에 들어갈 글자를 써 넣으시오" [설 (　) 가 (　)]

선생님은 말할 것도 없고 이 글을 읽고 계시는 독자들 역시 정답은 [설(상)가(상)] 이라고 미리 짐작하실 겁니다.

그런데, 그런데 말입니다.

한 학생의 생각은 달랐습니다.

[설(사)가 (또)]라고 적었습니다.

자, 이 학생의 답이 틀렸을까요?

원칙이 있으면 그 뒤에는 예외도 있는 것이 세상 이치입니다.

박근혜 정부 출범 후 맨 처음 시작된 보건복지위원회 국정감사장에서는 예상했던 대로 기초연금 도입안이 첨예한 여야 쟁점의 뇌관이 되었습니다.

지난 대선공약의 하나로 당시 새누리당의 박근혜 후보는 "65세 이상의 모든 노인에게 월 20만원씩 기초연금을 지급하겠다."고 공약한 바 있습니다.

덕분에 600만에 이르는 노인표 가운데 상당수를 얻어 짭짤한 재미를 보지 않았을까 하는 생각을 해 봅니다.

필자는 어려워지는 세계 경제 추세와 수출로 먹고 사는 우리나라의 경기부진, 그에 따른 세수 감소 등 여러 요인을 살펴 볼 때 과연 공약이 지켜질 수 있을까 하는 걱정과 기우 속에서도 워낙 '원칙과 신뢰'를 강조하시는 분이라니까 혹시나 하는 기대를 가져본 것이 솔직한 심정이었습니다.

그러나, 혹시나는 역시나 였습니다. 집권하자 악화된 경제사정과 세수 감소 등을 이유로 대폭 후퇴하는 안을 내놓았습니다.

지급대상을 소득하위 70%로 한정하고 지급액도 국민연금과 연계해서 최소 10만원에서 20만원까지 차등지급하겠다는 겁니다.

이에 야당과 일부 시민단체에서는 대국민 사기라고 몰아붙이고,

더하여 보건복지부장관은 양심의 문제까지 거론하며 사표를 던지기에 이르자 결국 대통령은 국민 앞에 사과하면서 어려움을 호소한 바 있습니다.

통합진보당 비례대표 후보 대리투표사건에 연루된 45명에 대한 판결에서 "반드시 헌법이 규정한 보통. 직접·평등·비밀 투표라는 선거원칙을 적용하여야 하는 것은 아니다."라면서 원칙을 무시하고 무죄라는 전혀 엉뚱한 예외의 판결을 한 법관의 선고내용을 보면서 과연 법과 양심에 의한 판결이라고 박수를 보내기에는 무언가 찜찜한 기분을 어쩔 수 없었습니다.

여기에서 잠시 주춤하고 생각을 정리해 볼 필요가 있습니다.

"원칙은 중요하다. 그러나 예외도 있을 수 있다."는 양면성을 인정하면서도 원칙보다 예외가 앞자리에 서는 일은 없어야 하겠다는 점입니다.

우리는 예외보다는 원칙이 더 존중받는 믿음의 사회에서 살고 싶습니다.

역지사지(易地思之)

　나는 45세의 젊은 나이에 미국의 제 35대 대통령이 된 존 에프 케네디를 존경합니다.

　지난 11월 20일에는 그의 암살 50주기를 맞이하여 워싱턴 인근에 위치한 알링턴 국립묘지를 찾아 헌화하고 추모하는 버락 오바마 대통령 부부와 빌 클린턴 전 대통령 부부의 사진을 보면서, "국가가 국민을 위해서 무엇을 해주기를 바라기 전에 국가를 위해서 무엇을 할 것인가를 생각하는 국민이 되자."고 호소한 케네디 대통령의 취임사를 다시 한 번 기억해 보았습니다. 그가 한 취임사의 행간(行間)을 눈여겨 살펴보면 "남이 나를 위하여 무엇을 해주기를 바라기에 앞서 내가 남을 위하여 무엇을 할 것인가"를 생각하는 역지사지(易地思之)의 뜻이 담겨져 있다고 보아도 좋으리라고 생각합니다. 세계적인 대 공황 시기인 1930년 12월 크리스마스를 앞두고 뉴욕의 치안판사였던 피오렐로 라과디아는 배가 고파 빵을 훔친 노인에게 10달러의 벌금형을 내렸습니다. 우리 돈으로 환산하면 10여만 원쯤 될까? 오죽이나 배가 고팠으면 한조각의 빵을 훔쳤겠느냐면서 훈방이라는 선처를 기대했던 방청석은 웅성거렸지만 그의 선고는 계속되었습니다. "이 자리에 계신 신사, 숙녀 여러분! 가난한 노인을 모른 체한 우리 역시 같은 공범자다. 따라서 나 또한 벌금으로 10달러를, 그리고 자리를 같이하고 계신 모든 방청객들에게도 50센트씩을 선고합니다."

그는 이렇게 해서 즉석에서 모아진 돈을 그 노인에게 건네주었습니다. 동방의 예의지국이라는 우리나라에서는, 법정에 처음 서보는 나이 많은 노인네가 어눌한 태도를 보이자 "늙으면 죽어야 한다"거나 대통령을 보고 "가카 새끼"라고 지칭하는 명석한 머리와 냉정한 판단력을 가진 법관의 이야기는 많은 사람들의 입술에 오르내리면서 회자(膾炙)되건만 역지사지(易地思之)하면서 고민하는 라과디아 같은 따뜻한 가슴을 가진 판사를 찾아보기는 어렵다는 사실이 우리를 안타깝게 합니다.

센카쿠 열도를 둘러싼 중국과 일본의 신경질적인 감정 대립과 이를 빌미로 미국을 등에 업고 집단적 방위권이라는 아리송한 이론으로 또다시 군비 확장을 꿈꾸는 일본입니다. 우리는 이들의 작태를 직시하면서 대동아공영권이라는 허울 좋은 미명 아래 일제가 이 땅을 침략하였던 지난날의 뼈아픈 역사를 되새겨 보아야 합니다. 한 치 앞을 예측하기 어려울 정도로 조변석개(朝變夕改)하는 냉혹한 세계열강의 정세가 우리의 불안감을 증폭시키고 있건만 이 나라 정국은 꼬일 대로 꼬여 제자리에서만 맴돌고 있으니, 입만 열면 나라의 장래를 염려한다는 여야 정치인들이 서로가 상대방의 입장을 한번쯤 헤아려 보는 역지사지의 마음을 가져보기나 하는 건지 답답한 심사를 가눌 수가 없습니다.

국회의원의 세비가 연간 1억3천7백만 원, 사무실 운영 지원비, 거기에 공무출장과 정책개발지원비 명목으로 약 9,010만원, 보좌직원 7명을 고용할 수 있고 이들의 보수 3억6천8백여 만 원을 국가가 지급(국회사무처가 배포한 국회의원의 권한 및 지원에 관한 국내외 사례비교집에서 발췌)하는데, 명색이 3선이라는 중진 국회의원이 국회 경내에서 일개 대통령 경호순경과 티격태격하다가 멱살을 잡히고 얻어터지는 모습을 보면서 이 나라 국회의원들이 밥값이나 제대로 하는지 아리송하기만 합니다.

지난 11월 21일 검찰의 한 관계자는 전 국가정보원장이었던 원모씨의 공소장 변경 신청서를 법원에 제출하면서 "대선개입을 목적으로 선거 전술적으로 잘 기획된 2만6천 종의 사이버 삐라를 수십 또는 수백 장 복사해 모두 121만 장을 만든 뒤 여론 형성의 장인 트위터 공간에 뿌린 것이다"라고 말한 바 있습니다. 사실이 위와 같을진대, 국가정보원의 대선 개입 의혹 등에 대하여 다섯 손가락으로 하늘을 가리려고만 하지 말고 국정원의 대선 개입 의혹에 대한 유감 표명 그리고 진상규명과 재발 방지 등에 대하여 한마디만 있으면 쉽게 풀릴 일을 대선 때 국정원의 덕을 보지 않았으니 사과할 필요가 없고, 정치는 국회에서 하는 것이니 여야가 타협안을 가져오면 긍정적으로 검토하겠다고 하면서 요지부동하는 대통령을 보고 있자니, 대통령은 정치인이 아니라는 말인지 참으로 거시기합니다.

찌라시가 무엇인가요? 증권가에서 흘러나오는 정보지의 어원(語

源)으로, 요사이는 아파트 출입문이나 길거리에 지천으로 넘쳐나는 광고지를 두고 하는 말이건만, 여당의 중진이라는 어느 국회의원이 노무현 전 대통령의 남북정상회담 회의록 내용의 출처를 '찌라시'에서 얻었다고 하니 그 말을 믿어도 되나요? 아리송합니다.

입만 열면 이 나라의 장래를 염려한다는 우국충정(?)으로 똘똘 뭉친 이 땅의 정치인들이여!

이제는 말합시다. 지나가던 소가 들어도 웃을 말장난일랑 거두시고 옷깃을 여미고 역지사지의 뜻을 되새겨 보면서 트집을 잡기 위한 정쟁이 아닌, 진정 국리민복을 위한 정치로 우리 민초들이 웃으면서 격앙가를 부르고 당신들을 존경할 수 있도록 하소서.

잘 돼 갑니까

다가오는 지방선거를 앞두고 기지개를 켜고 계시는 입지자(立地者) 여러분!

준비는 잘 되어 가고 있습니까?

아시다시피 당선자만이 모든 영광과 영예를 누릴 수 있는 선거를 가리켜 전쟁에 비유하여 선거전이라 하지 않던가요?

전쟁에 나서려면 충분한 준비가 있어야 할 터, 먼저 누구보다도 본인을 잘 알고 있을 가족, 친지들의 지지는 받고 계십니까?

만약, 가족들이 만류한다면 글쎄… 한번쯤 잘 생각해 보시기 바랍니다.

그리 머지않은 옛날, 자유당시절입니다.

민주주의는 피를 먹고 자란다고 했던가요.

수많은 이 땅의 젊은 학생들이 고귀한 피를 흘리면서 3·15 부정선거를 규탄하던 어느 날 "아버지가 당선되면 나라가 망하고 아버지가 낙선하면 집안이 망한다."고 하면서 부모를 사살하고 자신도 권총자살을 한 고(故) 이강석 씨의 말을 한번쯤 음미해 볼 필요도 있겠습니다.

당시 자유당으로 부통령 입후보를 하였던 이기붕 씨나 그의 부인이었던 박 마리아가 결코 모자란 인물들이 아니었습니다. 다만, 국민들이 보기에 대통령을 보좌하면서 국정을 다루는 부통령으로써는 적임자가 아니란 뜻에서 반대를 하였던 것입니다.

조금은 야박하게 들릴지 모르지만, 선거 때가 되면 거시기(?)한 인물이 찾아와서 "잘 부탁한다"면서 어색하게 악수를 청하는 사람들을 보면서 참으로 곤욕스러웠던 경험을 한 경우가 비단 저뿐만이 아닐 겁니다.

코털과 선거 직(職)의 공통점은 잘못 뽑으면 큰일 난다는 점입니다.

출마 예정자 여러분!

전쟁에 나가려면 실탄이 필요할 텐데, 선거 자금은 충분히 확보되셨습니까?

돈 뿌린 데 표 난다고, 막상 시작하면 선거법에 위배되지 않는 범위 내에서 모든 것을 올인 하고 싶은 것이 인지상정일 텐데, 전쟁 중에 돈 떨어져 이리저리 손 벌리다가 못된 선거 브로커들에게 코 꿰여서 당선되고도 나중에 망신당하는 시골 몇몇 군수님들 교도소 담장을 넘나드는 모습을 지켜보면서 인생무상을 느껴 보기도 합니다. 하물며 낙선하면 그 끔직스런 패가망신, 상상하기도 싫을 겁니다. 그러니 미리 준비해 둔 자금 알뜰하고 계획성 있게 잘 써야 할 겁니다.

비료 많이 뿌리면 잡초만 무성한 채 정작 여물어야 할 알곡은 쭈그렁이 되는 것 잘 알고 계신 당신이 아닙니까? 그나저나, 우리 군산에는 인물이 많은 겁니까? 아니면, 인물이 없는 겁니까? 군산시장 예비

후보자가 10여 명이 넘게 자천타천으로 오르내리고 있다니 말입니다.

인구 30만이 채 안 되는 소도시에 애향심이 넘쳐나는 인물이 이렇게 많은 것은 참으로 고무적인 현상이련만 이를 바라보는 시민들의 마음은 결코 편치만은 않은 듯싶습니다.

군산이 비록 작다고는 하지만, 대륙진출의 전진기지인 새만금을 위요(圍繞)하고 도약(跳躍)하는 도시로, 공항과 항만이 있고, 선박과 자동차산업의 메카로서 상공업이 발달하고 있는가 하면, 광활한 호남평야에 농업이 함께 어우러진 지역특성, 거기에 미 공군이 주둔하고 있는 군사적 요충지임을 감안해 보면 책임이 막중하고 할 일도 많은 군산시장(市長), 아무나 합니까?

"나도 나왔습니다.
내 차보다도 더 새 차 같은 고장수리
기호 0번 ○○공업사"

이것은 지난 지방선거 때 많이 난립한 후보자들을 조롱(?)하는 뜻으로 어느 공업사 앞에 붙어 있던 선전 현수막입니다.

이것이 지방선거를 바라보는 주민들의 참 시선이란 말인가 하고 씁쓰레한 기분이 들었습니다.

야생동물에게는 먹이를 먹고 탈이 생기면 다시는 그 먹이를 먹지 않으려는 '조건적 미각 기피증'이라는 습성이 있습니다.

인간은 건망증이 심한 탓인가? 아니면 욕심이 앞서 고단한 여정을 계속하는 걸까? 곧잘 지난 일을 잊고 두 번은 선택하지 말아야 할 실수를 하는 사람들을 보는 경우가 많습니다.

버너드 쇼는 이렇게 말하였던가요 ― 민주주의는 다수의 무자격자들이 부패한 소수를 선거라는 양념을 발라서 식탁에 올리는 만찬이라고.

그러나 어쩌랴. 선거를 포기할 수는 없지 않을까요?

내 생각은 이렇습니다.

다가오는 이번 지방선거에서는 책임 있는 자리에 나서려면 자기에게 부여된 자유까지도 지역발전을 위하여 유보하면서 밤낮없이 뛰어다닐 수 있는 선량(選良)으로서의 자격과 자질이 있는 출마자, 또 중앙정부에도 많고 튼튼한 인맥이 있어 예산을 충분히 확보할 수 있는 인물로서 적어도 조석걱정은 안해도 좋을 정도의 재산은 보유하여 주변에서 유혹하는 어리석은 검은 손이 있다면 이를 과감히 내칠 수 있는 각오가 되어 있는 출마자, 가족·친지 고생시키기 전에 한번쯤 깊이 생각해 보고 현명한 선택하는 겸손하고 지혜 있는 출마자를 만나보고 싶습니다.

안철수 씨, 질문 있습니다

당신이 나라를 걱정하고 국민을 위한다는 미명 아래 당리당략에 목매고 쌈박질을 일삼던 기존 정당에게 식상한 국민들 앞에 나타나 통합, 포용, 공동체 등의 단어를 섞고 새정치라는 감칠맛 나는 양념을 버무려 새정치연합이라는 이름의 식단을 짤 때만 해도 많은 국민들은 이를 반기는 듯 했습니다.

학자출신으로 컴퓨터 백신 개발과 성공적인 벤처기업 창업으로 젊은이들의 우상이 된, 순수한 정치 신인이었던 당신은 신선한 충격을 안겨주었고, "기존정당에서는 잘못된 정치구조와 정치문화를 바꾸기 힘들어 새로운 정당을 만들고 새로운 판을 짜야 한다"는 말에 환호했습니다.

오죽하면 민주당 아성이라는 호남에서조차 지지가 치솟고 정치지망생들이 당신 곁에서 사진 한 장 찍고자 몸부림치면서 줄서기를 했겠습니까?

그런데, 어쩐지 '새정치연합'이라는 단어가 껄쩍지근하였습니다.

알다시피 '연합'은 순수함보다는 일정한 목적 아래 둘 이상의 개별

적 조직체가 일정한 테두리에서 하나를 이루는, 합종연횡을 내포하는 냄새가 짙기 때문입니다. 더구나 정치판에서랴.

불행하게도 제 예측이 적중한 것일까요?

새정치연합이 이번 지선에서 후보를 내면 야권분열이라는 비판이 있다는 질문에도 "연대해야 이긴다는 건 패배주의의 발상이고 자기부정"이라며 홀로서기를 선언하던 당신께서는 팔고초려해 모셔왔다는 책사 윤여준까지도 까맣게 제쳐두고 갑자기 "민주당과 힘을 합쳐 신당을 창당키로 했다"는 기자회견을 했습니다.

그것을 지켜보면서 당신에 대한 그간의 믿음이 당혹감과 불신으로 바뀌며 쓸쓸함을 금할 길 없었습니다. 그러고 보니 서울시장과 대권 후보 철수 등 당신의 정치적 행보는 석연치 않은 부분이 더러 있었습니다.

처음부터 확실한 의사표시를 하는 것이 아니라, 은근슬쩍 한 발을 밀어 넣었다가 여의치 않으면 뒷걸음질 치는 행동이 화끈한 성질을 가진 우리 같은 사람들이 당신의 지지대열에서 한 발 물러서게 하는 단초가 되었습니다.

이번 민주당과의 통합만 해도 그렇습니다.

시간이 갈수록 참신한 인물이 쉽게 모이는 것도 아니고 경비도 많이 들어가는데 지분을 보장한다고 하니 통합이라는 손쉬운 길을 찾아 떠난 것은 아닌지.

사실이 그러하다면, 어찌 매사를 쉽게만 해보려 하십니까?

더구나 국민들에겐 어떤 사과나 해명도 없이 "동지들에게 미리 상의 드리고 충분히 의견을 구하지 못한 점 사과한다."며 마치 창당에 관여한 소수만을 상대로 한 듯한 발표가 끝이었습니다.

이것이 당신이 입버릇처럼 말하던 낡은 정치에 지친 국민에게 희망을 주는 새정치란 말인가요?

기초선거 무공천을 통합의 명분으로 삼았던 당신께서 대통령을 물고 늘어지다가 기초선거공천 여부에 대한 여론조사 결과를 지켜봐야 한다고 했다가 공천을 하는 것으로 결정했습니다.

그렇다면 어떤 점이 지난날의 헌 정치와 당신의 새 정치가 다른 점이란 말인가요?

역사는 투쟁을 통해 전진하며, 지도자는 도전을 통해 성장한다는 말이 있습니다.

당신께서 한번쯤 음미해 볼 가치가 있지 않겠습니까?

누구 없소

고대 그리스의 디오게네스라는 괴짜 철학자를 기억하십니까?

금욕적 자족을 강조하고 향락을 거부하던 그가 집 대신 커다란 통속에서 생활하면서 동냥에 필요한 유일한 재산이었던 표주박, 그 표주박 물을 개가 혀로 핥아먹는 것을 보고는 사치스런 물건이라고 버렸다고 해서 견유(犬儒)학파라고 불리던 그 사람, 개똥 철학자 디오게네스를 말입니다.

햇빛이 쨍쨍한 어느 날, 호롱불을 들고 시내를 배회하는 그에게 누군가가 "선생님, 이처럼 밝은 대낮에 어찌하여 호롱불을 들고 다니십니까?" 하고 묻자 "사람을 찾고 있습니다"라고 하였다는 언행은 그가 가신 지 천년을 두 번이나 뛰어 넘은 지금까지도 절실하게 와 닿는 이유를 당신은 아십니까?

인도의 시성(詩聖) 타고르는 〈동방의 등불〉이라는 시에서 이렇게 예언하고 있었습니다.

　　일찍이 아시아의 황금시기에 빛나던

등불의 하나 코리아

그 등불 다시 켜지는 날

너의 동방의 밝은 빛이 되리라.

　그렇습니다. 동방의 밝은 빛이 되어 찬란히 빛날 이 나라 대한민국이건만 어찌하여 고위 공직자를 상대로 한 청문회만 열렸다 하면 그 자리에 걸맞은 인물이 없는 겁니까? 허구한 날 청문회의 문턱을 넘어보지도 못하고 자진사퇴라니 말입니다.

　오천만이 넘는 인구, 거기에 교육열로는 세계에서 으뜸이라는 이 나라, 그 교육열과 평소의 근면함에 힘입어 "한국이라는 나라가 다시 일어나는 것을 보는 것은 쓰레기통 속에서 장미꽃을 보는 것보다 더 어렵다."는 세계의 비웃음을 뒤로 한 채, 묵묵히 국가 발전에 매진함으로써 이제는 선진국의 대열에 서서 지난날 우리를 도와주었던 나라들을 향하여 원조의 메시지를 보낸다는 이 나라가 정치판에서만은 왜 이러는지 알 수가 없습니다.

　청문회도 유행이 있나 봅니다.

　고위공직자가 공직 수행에 적합한 업무능력과 자리에 걸맞은 인성을 갖춘 인물인지의 여부를 검증하는 취지에서 도입된 청문회가 보수와 진보로 편 가르는 양상으로 변질되어 가는 모습을 보면서 조금은 걱정스럽습니다.

　지난날에는 병역미필, 위장전입, 부동산 투기, 탈세여부 등이 주로 논란이 되더니 요사이는 과거의 언행과 역사관, 논문표절 여부 등이 새로운 영역의 시빗거리로 등장하고 있습니다.

지명 두 주일 만에 자진사퇴한 문창극 총리 지명 후보자를 보십시오.

민족성 비하와 왜곡된 역사인식 발언 등을 보도한 방송내용을 보고 사과할 뜻이 없느냐는 어느 기자의 질문에 "사과는 무슨 사과"라고 하면서 마치 고대 로마시대 검투사처럼 당당하면서도 냉소적인 표정을 짓던 그의 대응은 비록 총리지명 이전의 개인적 의견을 강연이나 지면을 통해 표출한 것이라 하더라도 소통과 화합을 어느 때보다도 강조하는 현 시점에서 공인의 신분인 국무총리가 되기에는 무언가 찜찜한 뒷맛을 남기는 것을 어쩔 수 없었습니다.

이제는, 밝은 대낮에도 초롱불을 들고 사람을 찾으려는 노력은 뒤로 한 채 바닥을 보인 전하(殿下)의 수첩만 뒤적이는 사이, 세월호 참사에 대한 사고 이후의 수습과정에서 초등대응의 미숙으로 시작된 정부의 책임을 통감하고 사직서를 제출한 정홍원 국무총리를 두 달이 지난 시점까지 뭉그적거리다가 다시 유임시키는 헌정사상 초유의 사태가 발생하였습니다.

영의정 자리를 맡길 만한 인물은 손사래를 치고, 한다는 사람은 청문회를 통과하지 못하니 어쩌란 말이냐고 하소연하는 청와대의 심정도 이해할 만합니다만, 어찌하여 "우리가 남이가" 하면서 옹졸하게 한 지역에서만 인재를 찾으려 하는지 안타깝습니다.

TV를 통하여 청문회 방영을 시청하던 어느 날, 아들이 곁으로 와서 한다는 소리가 "아버지, 우리는 저런 모습 안 당해서 다행이네요" "그래, 이놈아, 그게 다 백수(白首)인 애비를 잘 둔 덕이다.”

　부자지간에 웃고 말았지만, 또 다시 장관들을 상대로 한 청문회가 줄줄이 대기하고 있다니 이번 구경(?)도 월드컵 못지않게 자못 기대가 됩니다.

크고 긴 감동을 주신 교황님

부끄럽게도 저는 본명을 '베드로'라고 하는 세례를 받은 천주교인입니다.

제가 부끄럽다고 말씀드리는 것은 하찮은 주제에 늘 하느님 계심을 믿지 못하고 예수 그리스도의 재림을 의심하면서 몸으로만 성당의 문턱을 기웃거리는 나일론 신자이기 때문입니다.

그래도 주일날 성당에 가면 수많은 교우들이 숙연한 분위기 가운데에 열심히 기도하면서 지나간 한 주일의 잘못을 반성하는 그 모습이 보기 좋아서 저도 눈을 감고 기도하는 흉내를 내봅니다.

무더운 여름날에는 꾸벅꾸벅 졸다가 아내가 옆구리를 꾹 찔러대는 바람에 깜짝 놀라서 사방을 두리번거리며 시침을 떼는 경우도 종종 있습니다.

신부님의 강론이 때로는 가슴에 와 닿는 경우도 있고, 어떤 날은 거시기하게 들리는 경우도 있습니다.

신부님의 강론이 마뜩찮게 들리는 날에는 생뚱맞게도 불경스런 못된 상상을 하기도 합니다.

예를 들면, 저 미사곡에 나오는 대영광송 가운데

세상의 죄를 없애시는 주님, 저희의 기도를 들어 주소서.

성부 오른 편에 앉아 계신 주님, 저희에게 자비를 베푸소서.

홀로 거룩하시고, 홀로 주님이시며, 홀로 높으신 예수그리스도님,

성령과 함께 아버지 하느님의 영광 안에 계시나이다.

아―멘, 아――멘

성가(聖歌)를 따라 부르다가도 주님께서는 어찌하여 성부(聖父) 오른편에만 앉아 계실까?

그렇다면 왼편에는 어느 분이 앉아 계실까?

앉아 계신다면, 가부좌를 틀고 앉아 계실까 아니면 의자에 앉아 계실까 하는 등등의 쓸데없는 잡념들 말입니다.

교황님, 저는 주님이신 예수 그리스도께서 승천하신 지 천년을 두 번이나 지난 이 시점에 이르기까지 주님께서 베푸신 기적이라는 것을 한 번도 본 적이 없습니다. 그래서 저는 주님의 재림을 확신하는 절신한 교인들의 외침에도 글쎄올시다라고 하면서 고개를 흔드는 경우가 많습니다.

수많은 교인들이 순교를 하면서까지 주님의 재림을 강고하게 믿고 의지하건만 제 눈으로 보지 않았다고 해서 의심하는 저는 분명 파문(破門)을 당하여야 마땅한 성당의 노숙자이자 나그네임에 틀림없습니다.

교황님,

졸지에 귀중한 자식들을 잃은 세월호 유족들 앞에서 조금은 우수에 젖은 듯 깊게 패인 눈으로 긴 말씀 없이 "잊지 않고 기억하겠다"고, 진심으로 아프게 응시하며 용서와 화해의 메시지를 전하고, 가누기조차 힘든 몸이지만 파파의 손이라도 잡아 보려고 애쓰는 장애인들과 천진한 어린 아가들에게는 스스로 몸을 낮춰 다가가 머리를 쓰다듬어 주면서 축복의 기도를 드리는 인자하면서도 웃음 지우지 않는 그 모습을 지켜보면서 저는 나다니엘 호손의 단편소설에 나오는 '큰 바위 얼굴'처럼 살아있는 성자(聖者)의 모습을 보는 듯한 착각을 하였습니다.

세월호 참사가 있은 지 며칠이 지난 어느 날 대통령께서 흘리시는 두 줄기 눈물을 보면서도 멀뚱멀뚱하던 이 나라 국민들이, 이 땅에 머문 지 불과 100시간 남짓한 짧은 순간, 고난과 슬픔 앞에서 눈물 한 방울 흘리지 않으셨건만 이 나라 온 국민이 한 마음이 되어 비바 파파를 환호하면서 열광의 인간파도를 이룬 그 까닭은 무엇일까요?

잘난 체 말마디나 한다는 이 나라 지도자들이라는 사람 어느 누구에게서도 본 적이 없는, 소외받고 고통 받는 이들과 같이 아파하고 껴안는 진정성으로 감싸여 있는 당신의 일거수일투족에 감동한 나머지 가슴이 허허로운 이 땅의 민초들이 자신도 모르게 눈시울이 붉어지면서 뽀얀 시야에 비쳐진 당신의 모습이 살아있는 성자로 보인 때문이 아닐까요?

교황님.

이제 저는 당신을 통해 예수 그리스도의 재림을 믿기로 하겠습니다.

　그것은 이천 년 전의 나사렛 예수께서 이 시대에 현신(現身)하시어 복음을 전할 것이라는 세속적 재림을 믿는 것이 아니라 "항상 다른 이를 위하여 존재하라. 행함이 없는 믿음은 곧 죽은 믿음이라"면서 하찮은 발자국조차 남기지 않고도 이 땅이 안고 있는 각종 고난과 부조리에 단호한 경종을 울리면서 크고도 긴 감동을 두고 떠나신 당신을 통해 재림의 뜻을 깊이 새기겠습니다.

　비바 파파. 아—멘.

≪국제시장≫을 보고

　7, 80대 나이에는 낯설지 않은 유행가 〈굳세어라 금순아〉에 나오는 눈보라가 휘날리는 바람찬 흥남부두에서 뒤엉킨 피난민들이 미군 함정에 승선하는 것을 시작으로 전개되는 ≪국제시장≫이라는 영화를 보셨습니까?

　1950년 12월 24일입니다. 크리스마스를 앞둔 그날은 거센 눈보라에 바람조차 차가운 날씨였습니다. 흥남부두에서 마지막 철수하는 미 상선 빅토리호 선상에서는 미 10군단 사령관 알몬스 장군과 한국의 고문관이자 의사인 현봉학이 설전(舌戰)하는 것으로 영화는 전개됩니다.

　저 끝없이 이어진 가난한 나라의 힘없는 백성들을 승선시켜 무사히 피난길에 오르게 하여야 한다는 젊은 의사의 인도적 호소와 전쟁터에서 무기는 제2의 생명인데 어찌 무기를 버릴 수 있느냐는 장군의 논쟁에서 신(神)은 눈물로 애원하는 젊은 의사의 손을 들어주게 됩니다.

　이것이 저 유명한 흥남철수 작전입니다.

　6·25전쟁 직후의 비참하고 고단한 삶과의 투쟁, 서독광부와 간호

사들의 고달픈 이야기, 베트남 파병, 눈물 없이 볼 수 없었던 이산가족 찾기 운동 등등 구석구석 배어 있는 잊히지 않는, 그러면서도 잊고 지내던 지난날들을 다시 한 번 되새기면서 영화를 보는 동안 여러 번 눈시울을 적셨습니다. 같은 영화를 보면서 많은 관객이 눈물을 흘릴 수는 있습니다. 그러나 그 눈물의 농도와 깊이는 처한 위치와 자기적 판단에 따라 제각각 다르리라고 생각합니다.

6·25전쟁에서부터 지금까지의 역사적 격동기를 살아 온 주인공 덕수의 삶은 70을 넘긴 필자가 살아온 과정과 그 궤를 같이 하고 있었기 때문에 정말이지 소리 죽여 많이도 울었습니다.

1964년 12월 10일입니다. 박정희 대통령 내외가 파독 광부와 간호사들을 위문하고 차관 교섭 차 독일을 방문했을 때의 일입니다.

박 대통령과 독일 뤼브케 대통령이 탄 자동차가 함보른 탄광회사에 도착하자 현관 앞에 도열해 있던 광부들과 간호사들이 박수를 치며 환호하였습니다.

박 대통령보다 10여미터 뒤따르던 육영수 여사는 어린 간호사들에게 일일이 말을 건넵니다. "일은 고달프지 않습니까? 가족과의 안부 연락은 잘 합니까?"

육 여사가 세 번째 간호사와 악수를 할 때 그 간호사는 드디어 울음을 터뜨립니다. 그것이 신호가 되어 여기저기에서 흐느끼고 그 흐느낌의 소리가 점점 커지자 마침내 냉정한 박 대통령조차 연설을 마치지 못하고 손수건을 꺼내고 말았습니다.

강당 안은 눈물바다가 되었습니다. 이역만리 타국 땅 수천 미터의 막장지하에서 생사를 넘나드는 곡괭이질을 해대던 광부들과 치매환자들의 대소변을 받아 내거나 시체를 알코올 솜으로 닦아내면서 힘든 생활을 하던 나이 어린 간호사들의 애환을 보고 들으면서 온 국민이 하나 되어 눈물을 흘렸습니다.

1967년 12월 30일, 파월 32제대 병력을 실은 미국선적의 18,000톤급 수송선 실버스타호가 부산항에서 베트남을 향하여 출항합니다. 부산에서는 겨울에도 눈이 내리는 것을 보기가 쉽지 않다는 말도 헛소리인가, 그 날은 백설이 스산스럽게 내리고 있었습니다.

5박 6일간, 십자성이 보인다는 남태평양의 험한 바닷길을 항진해 베트남 다낭이라는 항구 외곽지대 허허벌판 모래사장에 하선합니다. 하늘에는 태극기가 펄럭이고 대기하고 있던 군악대가 애국가를 연주할 때, 국기에 대한 경례를 하는 동안 주체할 수 없는 두 줄기 눈물을 감출 수가 없었습니다. 애국심이 따로 없었습니다.

낯선 이국땅, 그리고 전쟁터-. 이것은 파월장병의 한 사람이었던 필자의 이야기입니다.

1983년 6월 30일 밤 10시 30분부터 KBS에서는 〈누가 이 사람을 아시나요〉라는 제목으로 이산가족 찾기 방송이 시작됩니다.

그해 11월 14일까지 138일간 쉴 새 없이 진행된 방송으로 1만여 명의 이산가족이 상봉의 기쁨을 안았습니다. 한 가족이 상봉할 때마다 대한민국이 함께 기뻐하고 같이 눈물을 흘렸습니다. 그리고 또다시 30년의 세월이 흘렀습니다.

영화 ≪국제시장≫은 이렇게 역사의 뒤안길로 잊혀가는 아프고 슬픈 기억을 되살려냅니다.

철없는 자식들이 모여 희희낙락하는 어느 날, 뒷골방에서 빛바랜 아버지 사진을 꺼내든 늙은 아들 덕수는 힘든 세상에 태어나 이 세상 풍파를 우리 자식들이 아니라 우리가 겪은 게 참 다행이라고 독백하면서 "아버지, 이만하면 내 잘 살았지예. 근데 내 진짜 힘들었거든예"하면서 먼 바다를 응시합니다.

평생을 가족을 위해 희생하다가 어느덧 백발이 성성한 늙은이가 되어 있는 자신을 바라보는 주인공 덕수의 모습은 고난에 찬 이 시대를 살아온 우리가 우리 자신에게 던져 보는 헌사(獻辭)가 아닐까요?

지도자의 덕목

지난 6월 26일 미국 사우스캐롤라이나 주에 위치한 찰스턴대학교 실내경기장에서는 백인 우월주의자 딜런 루프의 총기난사 사고로 희생된 찰스턴 이메뉴얼 아프리칸 감리교회의 클레멘타 핑크니 목사의 영결식이 열리고 있었습니다.

그때 만감이 교차하는 표정으로 추모사를 하던 버락 오바마 대통령은 잠시 고개를 숙이고 말문을 닫았습니다. 짧은 시간이었지만 긴 침묵이 흘렀습니다.

이윽고 고개를 든 대통령은 갑자기 예정에 없는 찬송가 〈어메이징 그레이스〉를 부르기 시작합니다.

아프리카 흑인 노예무역에 종사했던 자신의 과거를 반성하고 죄를 사해 준 하느님의 은총에 감사한다는 내용의, 전혀 예상하지 못했던 대통령의 노래에 어리둥절하던 6천여 명의 참석자는 이윽고 피부색에 상관없이 모두가 하나되어 기립박수를 치면서 함께 찬송가를 불렀다는 뉴스를 들었습니다.

일부 흑인 여성들은 두 손으로 대통령을 가리키며 기쁨과 슬픔이

범벅된 감격의 눈물을 흘리면서 합창을 하였다고도 합니다.

노래라는 것이 기쁠 때만 부르는 것이 아니라 장례식장에서도 진정 어린 몸짓이라면 그것은 전혀 어색하지 않게 인간의 본령을 흔들어 놓을 수 있다는 것을 이제야 깨달았습니다.

미국 역사상 최초의 흑인 대통령은 추모사를 하면서 그 역시 흑인으로 살아오는 동안 인종적 편견을 가진 일부의 백인들로 부터 받아온 모멸과 멸시를 회상하면서 격한 감정이 북받쳐 오를 듯도 하련만 내내 평정심을 잃지 않고 백인 주류사회에 대한 성토와 비난보다는 신의 은총과 죄의 사함을 메시지로 던져줌으로써 자칫 흩어질지도 모를 국민들의 마음을 화합의 한마당으로 이끌었습니다.

이런 모습이 진정한 지도자의 덕목이 아닐까요?

다음은 어느 고등학교 사회과 중간고사시험 문제입니다.

"대한민국은 (_____)이다. (   )안에 들어갈 내용은 무엇인가?"

선생님이 생각하는 정답은 물론 헌법 제 1조 1항에 적시된 대한민국은 (민주공화국)이었습니다.

그런데, 나라를 생각하는 우국충정으로 무장된 한 학생의 생각은 달랐습니다.

"대한민국은 (우리나라)다."

라고 적었습니다. 자, 이 학생의 답이 틀렸습니까?

선생님은 '헌법 제 1조 제1항에 나오는 대한민국은 (_____)이다라고 확실한 문제 제시를 하지 않은 오류를 범하였음에도 다양한 생각을 가진 제자의 창의력은 간과한 채 학생을 불러서 심한 책망을 하였습니다. 그렇게 쉬운 문제에 엉뚱한 답을 적어 낸 것은 열심히 가르친 선생님에 대한 배신이라고.

지난 6월 25일이던가요?

여야 합의로 국회에서 의결한 국회법 개정안의 재의를 요구하면서 "당선된 후 신뢰를 어기는 배신의 정치는 결국 패권주의와 줄 세우기 정치를 양산하는 것으로 선거에서 반드시 국민이 심판해야 할 것이다."라고 하면서 국회와 정치권을 싸잡아 배신집단으로 심판의 대상이라고 비난하는 서릿발 선 대통령의 안색을 보면서 장례식장에서 추도사를 하던 오바마 대통령의 모습과 대비하여 보았습니다.

어떤 이가 이런 말을 하데요. "지금은 국회법개정안에 대한 거부권 행사보다는 메르스 걱정을 먼저 하면서 정부의 늑장 대응에 따른 피해에 대한 대국민 사과가 우선되어야 한다."고.

한번쯤 귀담아 들을 필요가 있지 않을까요?

이 글을 쓰기 전에 몇 번을 만지작거리며 주저하였습니다.

그러면서도 쓰고 싶었습니다.

진영을 넘어서 합의를 추구하고, 고통 받는 국민의 편에 서서 따뜻한 보수, 정의로운 보수의 길을 제안했던 배신의 정치인(?) 그가 한 방에 KO되어 정치 장막의 뒤안길을 서성이고 있는 모습이 안쓰러워 보였기 때문입니다.

그가 양복 주머니에서 〈원내 대표직을 내려놓으며〉라는 제목의 원고를 꺼내어 읽어가는 그의 목소리는 가늘게 떨리고 있었습니다.

"평소 같았으면 진작 던졌을 원내대표 자리를 끝내 던지지 않았던 것은 지키고 싶었던 가치가 있었기 때문"이라면서 그것은 "대한민국은 민주공화국임을 천명한 우리 헌법 1조 1항의 지엄한 가치를 지키고 싶었다."고 합죽한 입을 씰룩거리면서 힘주어 말하는 그의 모습은 비장하기까지 하였습니다.

그리고는 문득 이제까지 잊고 있었던 대한민국은 민주공화국이라는 생경한 헌법 제1조 제1항을 찾아보았습니다.

7월 14일은 여당인 새누리당의 새로운 원내대표가 선출되는 날입니다.

일본, 어디로 가고 있는가?

이시하라 신타로라는 이름을 기억하십니까?

히토쓰바시대학 재학 중 기성의 가치에 반발하는 전후 세대의 양상을 나타낸 소설 〈태양의 계절〉로 1956년 아쿠타가와 상을 수상한 바 있는 소설가.

그런가 하면, 극우화라는 일본사회의 시대적 배경을 발판 삼아 〈일본은 NO라고 말 할 수 있다〉는 글을 써서 전 세계 지성인들의 미간을 찌푸리게 한 적도 있건만 이를 빌미로 다수의 옹졸한 일본인들로부터는 절대적 지지(?)를 얻어 1999년부터 2012년 10월까지 도쿄 도지사를 지내기도 한 노회(老獪)한 정객.

도쿄 도지사 재직 시인 2000년 방재의 날에는 자위대 앞에서 "불법 이민이 많은 한국과 대만, 그리고 중국인이 흉악범죄를 되풀이 하고 있다. 큰 재해가 일어날 때 소요가 예상되는 바, 경찰력으로는 한계가 있으니 여러분의 협조를 부탁드린다."고 선동적 연설을 함으로써 우리로 하여금 다시 한 번 관동대지진을 떠올리면서 분노에 치를 떨게 한 장본인.

그를 기억하느냐고 묻는 겁니다.

그로부터 정확히 12년 후, 미국을 등에 업고 안보법안이라는 미명 아래 군비확장을 서슴지 않고 있는 현재 일본의 총리대신, 아베 신조가 총리가 된 것이 우연의 일치일까? 필자는 이 점을 껄끄럽게 느끼면서 주목합니다.

그가 또한 누구입니까?

앞서 밝힌 이시하라 신타로를 정치적 대부로 하는 아베는 오히려 한술 더 떠서 주변국가에서 그렇게 말리는 야스쿠니 신사 참배를 내배 째라는 오기로 무상출입하면서 우리의 심기를 불편하게 건드리고, 위안부 문제에 대하여는 "냄새가 나는 것은 덮어 두라"는 일본 속담처럼 일관되게 사과와 배상을 회피하고 있지 않은가.

두 발의 원자폭탄 투하로 두 손 번쩍 들고 무조건 항복하면서 게다짝을 질질 끌고 황망히 현해탄을 건넜던 그들이 70년이 지난 오늘에 이르러 교묘한 국제정세의 물결을 타고 다시 한 번 세계침략의 야욕을 드러내고자 하는 저의를 지켜보면서 가까이에 위치하고 있는 우리의 심사는 솔직히 편치가 않습니다.

전후 70주년 담화에서는 고작 한다는 소리가 "과거 전쟁과 아무런 관련이 없는 우리 아들과 손자, 그리고 다음 세대에게도 사죄의 숙명을 안겨 주어서는 아니 된다."고 검은 속내를 고스란히 드러내 보이면서 목에 힘주어 말하는 그 유들유들한 모습을 보고는 어안이 벙벙함을 금할 수 없었습니다.

진실이라는 것은 가해자가 아니라 피해자의 입장에서 살펴보아야 제대로 보이는 것일진대, 아베를 위시한 다수의 우익적 보수 성향을 가진 일본인들의 잘못된 이런 생각을 속 시원하게 나무랄, 누구 안 계신가요?

이런 아베가 지난 9월 8일 자민당 총재 선거에 단독 후보로 출마하여 무투표 당선됨으로써 총재직은 물론 특단의 사태가 발생하지 않는 한 3년간 총리직 연임을 보장받게 되었다는 점은 우리의 심사를 더욱 심란하게 합니다.

아시다시피 중국에서는 항일전쟁 승전 70주년 열병식이 거행되고 있고, 그 자리에는 시진핑 중국주석의 옆자리에서 참관하는 박근혜 대통령과 반기문 유엔 사무총장의 모습도 보였습니다.

이를 지켜보는 일본인들의 심사가 자못 착잡하리라는 것을 모르는 바는 아니로되 "중국의 기념행사는 과거에 치중한 것으로 유엔은 회원국들이 미래지향적인 자세를 취하도록 촉구하여야 한다."고 비방 항의하는 일본에 대하여 "과거를 돌아보고 우리가 어떤 종류의 교훈을 배워왔는지, 그 교훈을 바탕으로 우리가 더 밝은 미래를 향해 어떻게 나아갈 것인지를 아는 것이 중요하다. 이것이 열병식 참석의 참된 목적"이라고 단호하게 언급한 반 총장의 지적은 옳고도 당연하였습니다.

왜 아베 신조를 비롯한 일본의 우익적 편향의 집권자들은 지성과 양식을 가진 많은 시민과 사회단체들이 그토록 반대하는 평화를 위협하면서 재무장을 보장하는 안보법안의 강행처리를 그토록 끈질기게 획책하고 있는가.

역사적으로 축소지향의 일본이면서도 유독 영토 문제만은 탐욕이 지나쳐 국력이 커지면 반드시 대륙침략의 야욕을 포기한 적이 없는 동전의 양면성 같은 일본을, 우리는 역사를 통하여 너무도 잘 알고 있기에 가까이도 멀리도 할 수 없는 일본의 오늘을 눈여겨 주목하는 겁니다.

과연 일본은 어디로 가고 있는 것일까?

전하, 아니 되옵니다

전하(殿下).

구중궁궐 청와대 깊은 곳에서 일어나는 일을 어찌 저희 민초들이 짐작이나 할 수 있으리오만, 때때로 TV에 비치는 어전회의에서 전하께서는 숨 가쁘게 전교(傳敎)를 하명하시고 3정승(국무총리와 두 사람의 부총리)을 비롯한 도승지 이하 대신들은 전하의 하명을 마치 초등학교 저학년이 받아쓰기 하듯이 고개를 숙이고 비망록에 기록하느라고 좌고우면할 경황조차 없는 모습을 보면서 저 코큰 나라 미국의 백악관에서는 대통령과 참모들이 허심탄회하게 웃으면서 대화를 나누는 모습과 대비되어 떨떠름한 느낌을 지울 수가 없습니다.

웃음기를 걷어낸 전하의 용안과 경직된 참모들의 무표정한 얼굴을 보면서 저런 분위기 가운데 과연 대통(代通)은 모르겠으되, 소통(疏通)이 이루어질 수 있을까? 머리를 갸웃거린 적이 한두 번이 아닙니다.

전하,

근자에는 뜬금없는 국사교과서의 국정화 강행이라는 정부 방침을 두고 사학자는 물론이고 많은 국민들은 그 뜻조차 제대로 이해하지 못한 채 보수와 진보로 양분되어 설왕설래하고 있습니다.

당연히 의문이 가는 대목은 그대로 두어 후세의 사가(史家)들이 가리도록 기다림이 옳은 일이거늘 어찌하여 더 큰 국가의 만기를 거두어 보셔야 할 전하께서 친히 옥수(玉手)를 걷어붙이고 "바른 역사를 배우지 못하면 혼이 비정상적이 될 수밖에 없다"는 차마 전하의 옥음이라고 치부하기에는 적절치 못한 격한 말씀을 하시면서 국정화 작업에 앞장을 서시니 전하께서는 어찌하여 여럿을 버리고 하나만을 고집하시렵니까?

역사를 통하여 교훈은 얻을지언정 혼을 배운다는 소리를 들은 바 없습니다.

오직 하나의 정답만이 존재하는 자연과학과 달리 인문학에서는 다양한 이론을 접하여 본 뒤에 그 옳고 그름을 가리고 판단하는 것이 순서일진대, 국론이 분열되었음을 탓하기에 앞서 그 단초를 제공한 점에 있어서, 황공하오나 전하께서도 자유롭지 못하리라는 생각은 아니 해보셨나이까?

나만이 절대 선(善)이고 상대방은 절대 그르다고 말하는 권력자처럼 위험한 것이 없음을 저희는 지나간 역사를 통하여 진저리나도록 배웠습니다.

이 정도에서 국정교과서도 편찬하고, 한편으로는 검인정 교과서도 인정하여 서로 비교분석하면서 배우고 익혀, 판단은 공부하는 자 스스로 할 수 있도록 하는 것이 옳지 않을까요?

전하.

2010년 9월 국사편찬위원장에 취임하여 2013년 9월까지 재임한 이태진 서울대 사학과 명예교수는 현행 8종의 고교 한국사 교과서는 모두가 중도 우파 또는 우파 성향으로 분류된다고 밝히고 있습니다. 그는 정부와 새누리당이 현행교과서를 종북, 좌편향으로 보는 시각에 대하여 같은 당의 정부가 어찌하여 이렇게 현격한 인식의 차이를 보이는지 이해가 되지 않는다고 합니다. 혹시 정부와 여당에서 2011~2012년 사이 2년간 쓰기로 했던 임시교과서를 가지고 좌편향 공격의 근거로 삼는 것은 아닌가 하는 의혹을 제기하고 있습니다.

덧붙여 말하면 이태진 교수 역시 보수 성향으로 분류되던 학자였습니다.

하나의 나뭇잎을 벌레가 먹었기로서니 어찌 나무 전체를 병들었다고 통째로 잘라내서야 쓰겠습니까? 이래서는 아니 되옵니다.

전하,

벼슬과 상벌이 사사로운 전하의 수첩에서 나오는 일이 이제는 없어졌으면 합니다.

정(情)은 끝이 없다 하여도 예(禮)에는 한계가 있는 법입니다.

서경에 이르기를 "관작은 사사로이 친한 이에게 주지 말고 오직 능력 있는 이를 가려 써야 한다."고 하였습니다.

이 나라의 동·서가 모두 대한민국이라는 한 몸일진대, 어찌하여 이 백성이 살고 있는 전라도 땅, 특히 전북지역에서는 그 흔한 장·차관은 물론 4천왕(검찰총장, 국세청장, 국정원장, 비서실장을 지칭)이라는 이른바 권력의 핵심부에는 돋보기를 들이대고 살펴보아도 한 사람도 보이지 않으니 이것이 전하께서 옥좌에 앉기 전 전국 방방곡곡을 순회하면서 공약하신 탕평인사인지 솟아오르는 의문을 잠재 울 수가 없습니다. 이래서는 아니 되옵니다.

지난달 22일 새벽, 닭의 모가지를 비틀어도 새벽은 온다던 풍운의 정치인 김영삼 전 대통령이 88세를 일기로 서거하셨다는 소식에 많은 국민이 비통해 하고 있습니다. 가시기 전 남긴 휘호가 "통합과 화해"였다니, 이야말로 우리 사회 특히 정치인들에게 당부한 마지막 유언이 아닐까요?

모든 세상사에는 빛과 그늘의 양면성이 있게 마련일진대, 전하께서도 한번쯤 되돌아 보셨으면 좋겠습니다.

(2015. 11. 23)

아리송하다고 여쭤라

    필자는 어느 것이 옳고 그름을 분별할 능력이 없는 한낱 미물에 불과한 백성입니다.

    그런 까닭에 아리송한 이야기를 풀어 놓고 강호제현의 고견을 듣고자 합니다.

    아래 내용은 흙수저에 익숙한 가난한 우리의 이웃에서 일어난 이야기가 아닙니다.

    말먹이통에서 태어나신 예수님의 탄생을 축하하는 성탄절을 앞두고 우리 모두가 들떠 있을 때인 지난 12월 23일입니다. 참으로 낯선 판결 하나가 탄생(?)함을 보았습니다.

    살기 좋은 우리나라, 대한민국에서도 금수저들이 많이 거주하고 있다는 서울 서초구의 이름 있는 사립학교에서 어느 교사가 학부모로부터 460만 원이라는 돈을 촌지로 받았다고 하여 기소된 사건의 판결이 있었습니다.

    한 학생의 어머니는 선생님에게 "딸아이를 상장 수여식 등에서 차별하지 말고, 생활기록부에도 좋게 기재해 달라."는 부탁과 함께 130

만 원 상당의 현금과 상품권을 주었습니다.

　그 교사는 또 다른 학부모로부터도 "아들이 공부를 못한다고 공개 망신을 주거나 혼내지 말고 잘 한다고 칭찬해 달라."는 부탁과 함께 역시 330만 원에 해당하는 현금과 상품권 등을 받았습니다.

　그런데, 살기 좋은 우리나라 대한민국에서, 신을 대신하여 인간을 심판하는 유일한 권능을 부여받은 어느 재경 법원의 재판장은 "이 정도의 학부모 청탁은 초등학교 자녀를 둔 부모로서 선생님에게 부탁할 수 있는 정도를 넘어서 사회상규에 어긋나거나 위법 또는 부당하다고 볼 수 없고, 교사 역시 이에 터 잡아 일을 처리해 줄 사정으로는 보이지 않는다."는 이유로 무죄를 선고하였습니다. 460만 원이면 소 한 마리 값이자 쌀로 치면 30가마가 되는 돈인데 말입니다.

　2014년 8월 대법원은 "집단 따돌림을 당하는 아이를 잘 부탁한다."는 청탁과 함께 160만 원을 받은 이유로 서울 서대문구에 위치한 어느 초등학교 교사에게 징역4월에 집행유예 1년과 벌금 400만 원, 그리고 추징금 160만 원을 선고, 판결이 확정됨으로써 그 교사는 시쳇말로 신세를 조저 버렸습니다.

　교사라는 위치는 같을진대, 어찌하여 학부모로부터 더 많은 돈을 받은 교사는 무죄가 되고 적게 받은 교사는 유죄의 판결을 받고 옷을 벗어야 하는지? 아는 것이 짧은 필자 같이 어리석은 백성으로서는 참으로 아리송하였습니다.

　병신년 정월 11일 오전 11시경입니다. 이영렬 서울 중앙지검장은 서울고검 기자실을 직접 찾아 〈전 석유공사 사장 특경법 위반(배임)

무죄 선고에 대하여〉라는 제목의 반박성명을 발표하면서 병신년 1월 8일 강영원 전 한국석유공사사장에게 무죄를 선고한 1심판결을 강도 높게 비판하여 세간의 이목을 받았습니다.

수사를 총괄하는 지휘에 있는 검사장이 하급심의 무죄 판결을 가지고 직접 기자회견을 하면서 비판을 하는 것은 전례를 찾기 힘든 일이기에 조금은 낯설어 보였습니다.

이 지검장을 화나게 한 까닭은 이렇습니다. "석유공사가 캐나다 자원개발업체인 하베스트 정유공장 인수 당시 나랏돈 5천5백억 원의 손실을 안겼고 이로 인해 결국 1조3천억 원이 넘는 천문학적 국민의 혈세가 증발되는 손실이 발생한 사실이 인정됐는데도 누군가에게도 그 형사책임을 물을 수 없다함은 도저히 이해하기 힘들다."는 겁니다.

그런데 법원 측의 판단은 달랐습니다.

"판결내용을 보면, 무죄가 난 이유는 범죄혐의를 제대로 입증하지 못한 증거 부족 때문"인데, 판결에 불만이 있으면 상소심 법정에서 법리적으로 다툴 일이지 지검장이 법정 밖에서 여론몰이를 하는듯한 모습을 보여 주는 것은 법조인의 자세로는 부적절하다"고 하였습니다.

자, 어떻게 생각되는지요? 어느 것이 옳고 그른지 아리송하지 않습니까?

제 6 장

다시
시작하는
마음으로

가을의 노인

봄은 설렘 가운데 오고, 가을은 서글픔 속에 가는 계절입니다.

가을걷이가 끝나버린 황량한 들판은 누워있는 계절입니다.

김광규라는 시인은 〈생각보다 짧았던 여름〉이라는 시에서 이렇게 말합니다.

지나간 봄은 아름다웠고

여름은 생각보다 짧았다.

어느새 인적 없는 들판에 어둠이 내리는데

가을은 걸어서 간다 해도

다가오는 겨울은/ 어떻게 맞으리.

봄이 발랄한 청춘의 계절이라면 가을은 사색하는 노인의 계절입니다.

그래서인가. 노인이 되면, 밤에 잠을 못 이루고 낮에는 시도 때도 없이 깜박깜박 졸고 앉아 있습니다. 제 속으로 낳은 자식은 본체만체

하면서도 손자는 예뻐합니다. 대개의 노인네들은 스마트 폰의 바탕화면에 손자들의 사진을 저장하고 보는 것이 예사입니다.

엊그제 한 약속은 곧잘 잊어버려도 까마득한 옛일, 특히나 서운했던 기억은 잘도 짚어냅니다.

울어야 할 일이 있을 때는 눈물이 잘 안 나오고, 웃다가는 눈가에 흐르는 눈물을 훔칩니다.

맞아야 안 아프고 안 맞으면 아픕니다. 아내나 손자를 불러 안마봉으로 어깨나 등을 두드리도록 하고는 시원해 합니다. 젊어서 희던 얼굴은 검어지고 검었던 머리는 희어집니다. 이용원에서 이발을 한 다음 순서로 머리염색을 하는 노인을 보는 것은 소주 한잔에 삼겹살 안주를 먹는 것처럼 전혀 이상하지 않습니다.

목욕탕에서는 뜨거운 온수를 틀어 놓고, 시원하다고 하다가 손자에게서 믿을 사람 하나도 없다는 핀잔을 듣기도 합니다.

이것이 봄과 가을이 다르듯이 노인과 젊은이가 서로 다른 점입니다.

짧은 가을 해가 서산마루를 기웃거릴 무렵입니다. 노인은 어린이 놀이터 한쪽에 있는 긴 의자에 혼자 앉아 소꿉놀이하는 어린것들을 무심히 보고 있습니다.

한 아이가 저만치 오고 있는 제 어미를 보고는, "엄-마-"하면서 뛰어 갑니다.

재래시장이나 마트에라도 다녀오는지 한 손에 가벼운 시장바구니를 들고 오던 새댁은 얼굴 가득 웃음을 머금고 두 손을 활짝 펴면서

"어이구, 내 새끼" 하고 어린 것을 덥석 안고 입맞춤을 합니다.

젊은 새댁과 어린 딸은 재잘거리며 웃습니다. 권태로운 고요가 감도는 가운데 정겨운 평화로움이 놀이터에 가득한 듯합니다.

젊은 엄마와 어린 딸이 행복에 겨운 낯빛으로 웃으며 재잘거리는 모습을 보면서 "그래, 때로는 나도 엄마가 보고 싶단다." 노인은 울컥 치미는 눈물을 삼키고 도리질하며 먼 산을 응시합니다. 속으로는 울고 있는지도 모릅니다.

노인이 되면 주변이 허허로워집니다. 자주 보던 모습이 보이지 않으면 요양원에 있거나 북망산에 있다는 소식을 접하는 것이 인사입니다.

장례식장에 가면 망인(亡人)의 연치를 미루어 짐작할 수 있습니다.

조문객을 맞이하는 상주들의 얼굴에 슬픔보다는 큰 짐을 벗은 가벼운 안도의 미소가 번지면 미수(米壽)를 전후하여 가시는 분이라고 보면 거의 틀리지 않습니다.

지금은 단풍철이라고 너나없이 산행을 떠납니다.

설악산 가는 길에 개골산 중을 만나/ 중더러 묻는 말이 풍악이 어떻더냐/ 요사이 서리 내려/ 때 만났다 하더라

이조 영조 때 형조판서를 지낸 조명리가 지은 시조입니다. 그리고 보니 옛날이나 지금이나 잘 살고 못 살고를 떠나서 우리 민족은 풍류를 좋아하나 봅니다. 내장산 단풍이 절정이라고 신문 방송이 떠드는

바람에 노인의 마음은 싱숭생숭합니다.

우리나라에는 대학이 많다보니 고을마다 철따라 노인네들도 대학을 다닙니다. 이름 하여 노인대학이라 하던가?

때가 때인지라 노인대학생(?)들이 수학여행으로 단풍놀이를 떠났다가 교통사고로 유명을 달리한다는 소식을 간간히 접합니다.

오래지 않아 산중에 누워서 싫도록 단풍구경을 할 수도 있으련만 그 사이를 못 참고 속절없이 미리 가 버리는 그 안타까움이 남의 일 같지 않습니다.

나라꼴이 원망스러워서, 차오르는 분노와 허탈감이 백만 송이 촛불 되어, "대통령 물러나라"는 함성이 이 땅을 수놓고 있어도 마땅히 갈 곳 없는 노인은 자리를 뜨지 못합니다.

이것이 오늘 날 동방예의지국이라는 이 나라 노인현실입니다.

내 마음 갈 곳을 잃어

4300여 년 전 중국 양성 땅 영수라는 강가에 허유(許由)라는 어진 이가 살고 있었다.

어진 사람이라는 소문이 자자하자 요(堯) 임금께서 직접 찾아가서 말하기를 "나보다 공께서 이 나라를 다스려야 나라는 태평하고 백성이 안심할 것 같으니 제발 임금 자리를 맡아주시오."라고 간청했다.

허유가 대답하기를 "임금님께서 나라를 잘 다스리시어 태평성대를 누리고 있거니와 그 무슨 가당치 않은 말씀이시오. 이는 못 들은 것으로 하리다." 하고 냇가에 이르러 귀를 씻어냈다.

허유의 친구로 소부(巢父)라는 이가 있었는데, 마침 소에게 물을 먹이려고 영수로 가다가 이 말을 전해 듣고는 더러운 소리를 들었다고 귀를 씻은 물을 소에게 먹일 수 없다며 도로 끌고 갔다.

권력이란 뺏고 뺏기는 것이 상례이거늘, 서로가 사양함을 다투었다는 옛 고사가 천진스럽도록 목가(牧歌)적인 아름다움을 더해 4000년이 지난 이 시점에 뜬금없이 생각남은 무슨 까닭일까?

눈을 돌리면 한반도를 위요(圍繞)한 국제정세는 내일을 가늠하기 어려울 정도로 안개가 자욱한데, 선거를 둘러싸고 축제가 되어야 할 정치판이 개판이니 이를 바라보는 국민의 심사가 불편하기 이를 데 없다.

　　─우리는 전쟁을 하고 싶다. 수령이시여! 명령만 내리시라

　섬뜩한 이 말은 북한의 선전매체들이 주민동요를 막고 내부결집을 위해 근래에 내건 선전 문구다.

　그렇다. 지금은 휴전일 뿐인데 이를 평화로 착각하는 나태한 어리석음 속에 우리가 살고 있는 것은 아닌지 되묻고 싶은 마음이다.

　실제로 북한은 지난 3일부터 21일까지 단거리 발사체 등 15발을 동해상으로 발사하면서 호전적 무력시위를 감행하고 있다.

　이러한 발사체는 휴전선 가까이에서 남쪽으로 쏘면 충남 계룡대까지 정확하게 타격할 수 있다는데도, 무모한 도발을 감행하면 가차 없이 응징할 것이라는 엄포만을 되새기는 우리 군 당국의 발표가 어쩐지 공허하게 들린다.

　또한 지난날 6·25사변 직전 북괴가 남침하면 곧바로 반격해 아침은 서울에서, 점심과 저녁은 평양과 신의주에서 먹도록 하겠다고 허풍을 떨다 정작 전쟁이 발발하자 잽싸게 부산까지 줄행랑을 치던 당시 이승만 정부의 국민에 대한 배신을 떠올려 본다.

　지난 26일 천안함 폭침 6주기를 맞아 연평도 등 서해에서 북의 도발로 희생된 순국장병을 추모하고 이를 잊지 않기 위해 정한 '서해수

호의 날을 기억하는 정치인이 과연 몇이나 될까?

하기야 고위공직자가 되려는 사람들이 필연적으로 통과해야 하는 청문회를 보노라면 병역미필, 위장전입, 탈세, 논문표절이라는 4대 과목을 하나라도 이수하지 않은 사람을 찾기가 힘든 살기 좋은(?) 우리나라 대한민국일진대 무슨 말이 더 필요하랴.

사정이 그러함에도 정치권은 급변하는 국제사회의 험한 파고를 어찌할 것인가를 걱정하는 사람은 보이지 않고 오직 공천싸움, 당리당략에만 혈안이 돼있으니 참으로 답답한 심사를 떨쳐버릴 수가 없다.

"이미 비례대표로만 네 번이나 국회의원을 한 사람이 한 번 더 배지를 달겠다고 이 당에 왔겠느냐"고 호언하던 어느 야당대표는 슬그머니 비례대표 2번으로 셀프공천을 하면서 웃고 있고, 김대중·노무현 정부에서 경제수석, 재경부장관 등의 요직을 두루 지내고 호남에서 내리 3선 의원을 지낸 어떤 분은 새누리당의 선거대책위원장으로 영입한다고 하니 득달같이 달려가는 변신의 모습을 보면서 씁쓸한 심사를 금할 길이 없음은 필자만의 속 좁은 편견일까?

"그동안 좌우에서 가까이 모셨으니 정(情)으로 말하면 부자지간처럼 가까웠으련만 하루아침에 엄하게 다스려 죽임에 이르러 조금도 가엾고 불쌍하게 여기는 기색이 없으니, 전일에 두터이 사랑하던 일에 비하면 마치 두 임금에게서 나온 듯하다." 이 말은 조선조 기묘사화로 인해 죽임에 이른 조광조에게 대한 중종의 사사결정이 나온 날 사관(史官)이 적은 논평이다.

시공을 초월해 오늘날 배신의 정치 운운하는 대통령으로부터 팽

(烹)당하면서도 헌법 제1조의 존엄한 가치를 지키고 싶었다는 어떤 대구 사나이의 경우를 보는 듯 하지 않은가.

코털과 국회의원에게는 공통점이 있다. 그것은 잘못 뽑으면 큰일 난다는 것이다. 우스개로 넘기기에는 찡한, 한번쯤 음미해 볼 말이 아닐까?

참으로 기막힙니다

그리스 신화에 나오는 정의의 여신 디케에 관한 이야기를 아십니까? 오른손에는 칼을, 왼손에는 저울을 높이 쳐들고 있는 정의의 여신 디케.

칼은 범죄자들에게 형벌을 가하기 위한 국가권력을 상징하고, 저울은 분쟁에 대해 공정한 판단을 내리기 위함이라는데, 묘한 것은 여신은 늘 눈을 감고 있거나 안대로 두 눈을 가리고 있는 모습을 하고 있다는 것입니다.

정의를 실현하기 위해서는 어떤 유혹에도 흔들리지 말고, 어느 편에도 치우치지 않는 공평무사, 불편부당한 기준을 가져야 하기 때문이랍니다.

법관은 신이 아닌 인간의 위치이면서도 인간을 심판할 수 있는 유일한 존재입니다.

나들이를 하는 할아버지의 두루마기처럼 넓은 소맷자락을 가진 검은 법복을 입고 높은 법대 위에서 진지한 모습으로 당사자들의 주장을 경청하면서 재판을 진행하는 근엄한 재판장의 모습은 그 자체가

권위의 상징입니다.

헌법 제103조는 "법관은 헌법과 법률에 의하여 그 양심에 따라 독립해 심판해야 한다."고 적시하고 있습니다.

헌법과 법률은 그렇다 치고, 문제는 그 양심이라는 눈에 보이지 않는 고무줄입니다.

권력에 굴복하지 않고, 청탁에 물들지 않고, 세론(世論)에 흔들림이 없는 자세, 그것이 용기 있는 법관의 양심일진대 말이 그렇지 그게 어디 쉬운 일입니까?

구치소 접견과정에서 수십억 원의 수임료 반환여부를 둘러싸고 의뢰인에게 폭행당했다는 의혹과 거액 수임료 논란과정의 중심에 서 있는 최모 변호사는 얼마 전까지만 해도 이곳 군산지원의 부장판사로 근무하던 장래가 촉망되던 법관이었습니다.

그가 검은 법복을 입고 법대 위에서 두터운 사건기록을 읽어보면서 재판 당사자들을 내려다보던 단호하면서도 단아한 모습이 떠오릅니다.

법복을 벗고 변호사로 변신한 최 변호사는 100억 원대 해외원정 도박혐의로 구속 기소된, 저 삼국지에 나오는 장비를 연상시키는 인상을 가진 네이처 리퍼블릭 대표라는 정모씨의 항소심 변호를 맡아 재판부와의 교제 및 청탁목적으로 50억 원을, 사기혐의로 구속 기소된 이솝 투자자문 대표 송모 씨의 변호를 맡아 같은 명목으로 50억 원을 받은 혐의를 받고 있습니다.

각각 50억, 합해 100억이라니 참 세상에 돈이 많기도 합니다.

하지만 최 변호사는 이 돈 때문에 지금은 검은 법복 대신 푸른 수의를 입었습니다. 또한 법대 위에서 재판을 지휘하던 법정 대신 구치소 내 좁은 감방 안을 서성이며 만감이 교차하는 심정으로 초조한 시간을 보내고 있을 겁니다.

정모 씨의 도박사건과 연관되어 검사장 출신인 홍모 변호사도 심사가 편안하지는 않은 모양입니다. 개업 후인 2013년 그의 한 해 수임료 수입이 91억 원이었다는 사실이 건강보험공단의 보험료 상위 납부자 공개 자료에 의해 밝혀졌습니다. 호사가들은 장부에 적은 것만 그렇지, 누락한 사건이 있다면 그보다 훨씬 많을 것이라며 입방아를 찧어 댑니다.

서울중앙지검 특수부장과 대검 수사기획관, 기획조정부장을 지낸 대표적 특수통 검사 출신인 그가 전관예우라는 관행적인 법조비리 없이 단기간에 100억대에 가까운 수임료를 챙길 수 있겠는가 하고 의아해 하는 것은 일반 국민들이라면 누구나 분노하며 가질 수 있는 솔직한 심정일 것입니다.

그는 주변 지인들에게 "어쩌다 내 신세가 이렇게 됐는지 모르겠다."며 한숨을 쉬었다 하지만 정확한 속내는 알 길이 없습니다.

'악덕 변호사는 배고픈 사자보다 무섭다'는 말이 있습니다. "변호사는 기본적 인권을 옹호하고 사회정의를 실현함을 사명으로 한다."는 변호사법 제1조 1항의 정신은 법전 속에만 있는 공염불이 된 것 같습니다.

사법고시에 합격한 후 사법연수원 과정을 수료하고 판·검사가 되면 가문의 영광은 말할 것도 없고 온 고을이 축제 분위기이던 것도 이제 옛말이 된 지 오랩니다.

로스쿨이라는 '양계장' 같은 학교에서 한 해 2,000여 명씩 쏟아져 나오는 신규 법조인들은 대기업 직원의 평균연봉에도 미치지 못하는 보수를 받으며 일하는 경우가 태반인데, 건당 몇 십 억씩의 선임료를 챙기는 변호사가 공생하고 있는 꿈같은(?) 이 나라의 현실이 참으로 기가 막힐 뿐입니다.

몽매한 백성으로서는

김 형.

두 해 전 이 무렵의 일입니다만 벌써 까맣게 잊고 있을지 모르겠습니다.

지난 2014년 7월 14일부터 18일까지 4박 5일간의 짧은 일정 가운데에서도 이 땅에 큰 울림을 주고 표표히 떠나가신 프란치스코 교황의 방한(訪韓) 말입니다. 세월이 하수상하니 뜬금없이 그분의 말씀과 행적이 생각나네요.

말보다는 행동으로 복음을 보여주고 실천하는 교회가 되기를 원했던 교황은, 졸지에 사랑스런 자식들을 잃고 비통에 젖은 세월호 유가족들, 일본군의 위안부 노릇으로 꽃다운 젊음을 바친 피해자 할머니들, 장애를 가진 이들에게 스스럼없이 다가가 애수에 잠긴 듯 조금은 연민에 찬 깊은 눈길로 그들을 얼싸 안으면서 어깨를 다독여 주시던 모습이 새삼스럽게 떠오릅니다.

프란치스코 교황께서는 너그럽고 관대한 표정으로 얼굴 가득 미소를 짓고는 있었지만 "주여! 이들에게 자비를 베푸소서"하면서 속으로는 울고 있었는지도 모릅니다.

교황께서는 또 이런 말씀도 하셨습니다.

"(남북이) 누가 이기고 지는 것이 중요한 것이 아니라 우리는 언제나 한 가족인 것을 생각해야 한다. 평화는 단순히 전쟁이 없는 것이 아니라 정의의 결과다."

귀국 비행기 앞에서는 기도하는 자세로 잠시 고개를 숙이고 "세월호 유족의 고통 앞에서는 중립을 지킬 수 없었다. 잊지 않고 가슴에 간직하겠다"는 나직하면서도 결연한 마지막 말씀을 주시고 이 땅을 떠나는 모습을 보면 "비바. 파파"라고 중얼거리면서 주책없이 눈시울을 붉혔습니다.

김 형.

북한 김정은의 호전적인 돌출 행동은 이를 지켜보는 우리를 근심스럽게 하고 있는 것은 사실입니다.

북괴군이 남침하면 아침은 서울에서, 점심과 저녁은 평양과 신의주에서 먹는다고 큰소리치던 이승만 정권이 정작 6·25사변이 발발하자 한강을 폭파하고 부산까지 줄행랑을 쳤던 대국민 사기극을 똑똑히 기억하는 우리로서는, 북한이 거시기하면 더 이상의 응징을 하겠다면서 말만 앞세우는 이 정부의 발표를 거시기하는 것도 사실 아닙니까?

어느 날인가. 유머하고는 담 쌓고 지낼 것 같은 전하께서 썰렁한 개그처럼 별로 어울리지 않는 '통일은 대박'이라고 불쑥 한 말씀하시던 일 기억날 겁니다.

이후로 통일의 기미는 보이지 않고 근자에는 오히려 사드(고고도 미사일 방어체계)논쟁으로 국론은 분열되고 외교적 갈등은 증폭되면서 쪽박 깨지는 소리만 들리니 걱정입니다.

박근혜 대통령께서는 지난 14일 국가안전보장회의를 주재하면서 "사드배치는 국가안위를 위해 필요불가결한 조치이고 지금은 국론을 하나로 모아야 할 때"라고 지극히 당연하고 옳으신 말씀을 주시고는 ASEM 참석차 몽골로 떠나셨습니다.

김 형.

그런데 말입니다. 무슨 일이든지 나서기 좋아하는 어느 친구가 이런 말을 하대요.

첫째, 사드는 탄도미사일이 목표물로 떨어지기 전 100km 이상의 고공에서 먼저 요격하는 체계인데, 1개 포대에 장착된 40여 발로는 중단거리 미사일 1,000여 기 정도를 보유하고 있는 것으로 추정되는 북한이 동시다발적으로 공격한다면 이에 대응하기가 쉽지 않을 것이다. 이런 관점에서 볼 때 미국이 주도권을 가지고 사드 운영을 한다면 결국 주한미군 방어에 급급하지 않겠느냐.

둘째, 사드의 요격범위는 200km정도인데, 경상도 성주에 배치하면 수도권은 방어범위에서 제외되고 따라서 효용성은 매우 낮다고 봐야할 것이다.

셋째, 북한 측에서 서울을 비롯한 인구밀집지역인 수도권에 대한 공격을 감행한다면 굳이 미사일을 사용하지 않고 사정거리 내에 있는 방사포를 이용할 것이다.

넷째, 사드배치는 북한의 핵 보유를 인정하는 가정 위에 추진되는 만큼 이를 반대하는 중국과 북한이 가까워질 빌미를 제공하게 될지도 모른다. 그렇다면 우리가 얻는 것은 무엇인가?

아는 것이 짧아서 개, 돼지 소리 듣고 사는 무식한 이 사람은 어느 장단에 춤을 춰야 할지 모르겠습니다. 김 형의 훈수를 기다려 봅니다.

이상한 나라

그리스 신화에 나오는 프로크루스테스의 침대 이야기를 아십니까?

괴력(怪力)의 소유자인 프로크루스테스는 아테네의 교외 언덕에 집을 짓고 사는 강도입니다. 그가 집에 철 침대를 두고 있었는데, 지나가는 행인을 붙잡아 그 철 침대 위에 뉘어 놓고는 행인의 키가 침대보다 크면 그만치 다리를 잘라 내고 행인의 키가 작으면 억지로 침대 길이만큼 늘려서 죽였습니다.

그 철 침대에는 길이를 조절하는 눈에 보이지 않는 장치가 있어서 어느 누구도 침대에 딱 들어맞는 키를 가진 사람이 없었습니다. 그러니 키가 작으나 크나 결국은 죽기 마련이지요. 우리가 알고 있는 '프로크루스테스의 침대'라는 말은 바로 여기에서 유래된 이야기입니다.

자기주장이나 생각으로만 옹고집을 부리면서 다른 사람과의 타협이나 의견을 깡그리 무시하면서 몽니를 부리는 사람을 가리키는 그리스 신화 프로크루스테스 침대는 오늘날 동방에 위치한 참으로 이상한 나라에서 고집불통으로 중무장하고 승지(承旨)벼슬을 차고앉은 얼굴 가죽 두꺼운 어느 정치인의 경우를 보는 것 같지 않습니까?

올빼미처럼 똥그란 두 눈을 치뜨고서 앙 다문 입으로 앞을 노려보고 앉아 "까불지 마라. 내 손에 걸리기만 하면 작살을 내고 말 테니."라고 서슬 시퍼런 으름장을 놓는 결기가 묻어 나오고 있는 사진을 보고 있노라면 금년 여름 같은 무더위 속에서도 등골이 오싹해집니다.

시간이 지나면 홍수처럼 쏟아져 나오는 뉴스로 인하여 망각이라는 도금 속에 묻혀 버릴 텐데 그때까지만 불편한 대로 참고 견디자. 창피는 순간이요 권력의 맛은 영원한 것이라는 오기로 범벅된 그 모습을 보고 있노라면 자못 심사가 편치를 못합니다.

더욱 이해가 가지 않는 점은 많은 사람들이 그에 대한 비위의혹과 거취논란에 대해 상식적이지 않다는 부정적 의견을 표명함에도 애써 이를 외면하면서 북한 붕괴 가능성 발언이나 북한의 잠수함 탄도미사일 발사에 대한 비난만으로 날과 시간을 보내는 청와대 안방의 태도를 보면서 조선 현종 13년 지평 조창기가 올린 상소문이 생각납니다.

(당파싸움에서) 득세한 쪽은 점점 더 날카로운 칼자루를 쥐게 되고 위축된 쪽은 더욱 큰 분노를 품게 되었습니다. 재주가 서로 같아, 높고 낮음을 분별하기 힘들 때에도 자기 쪽 사람이라면 끌어 쓰지 못할까 서두르고, 상대방 사람이라면 쓰지 않으려 머뭇거리니 이래 가지고서야 어찌 나라가 태평하다 할 수 있겠습니까? 전하께옵선 당파를 초월하여 사람을 분별하는 것으로 업무(業務)를 삼으시고 상벌을 밝게 베푸는 것을 급무(急務)로 삼으소서.

시공(時空)을 초월하여 지금도 한번쯤 되새겨 봄직한 충간이 아니겠습니까?

지난 9월 5일 바람처럼 일한다는 이상한 나라의 집권여당 대표는 국회 교섭단체 대표 연설에서 국회 개혁을 주장하면서 호남과의 연대, 연합정치를 제안하고 협치를 강조하였습니다.

말인즉 옳은 말씀입니다. 그러나 이 고장 전북에도 사람이 없을 리 없으련만 돋보기를 들이대고 찾아보아도 그 흔한 장관 한 사람 찾아보기 어려운 이상한 나라의 현실을 보면서 목에 핏대를 세우고 내지르는 고함소리에 가까운 연설을 들으면서 진정성이 있고 설득력이 묻어난다고 박수를 칠 수가 없었습니다.

오히려 진정한 성찰의 결여(缺如)가 가져오는 반사적 비아냥을 한 번쯤 되돌아 볼 여유가 필요한 허허로운 말 잔치였습니다.

오죽하면 어떤 사람은 "청와대가 대신 써준 연설문을 낭독하는 것인가 의심이 든다면서 집권여당 대표의 연설인가? 청와대 여의도 출장소장의 연설인가?" 아리송 하다는 평을 하고 있습니다.

반가움이 지나쳤던가. 이상한 나라의 궁궐에서는 지난 8월 11일 새로이 출발하는 새누리당 지도부를 초청하여 고희(古稀)를 넘긴 필자로서는 처음 들어보는 낯선 이름의 송로버섯, 샥스핀 찜, 캐비어 샐러드 등으로 차려진 음식을 들면서 화기애애한 가운데 오랜 시간을 보냈다고 구설수에 오른 지 나흘이 지난 광복절 경축사에서 "어려운 시기에 콩 한쪽도 서로 나누며 이겨내는 건강한 공동체 문화를 만들어 가야 한다"고 역설하는 전하(殿下)의 말씀을 들으면서 헷갈리는 의구심을 떨쳐 낼 수가 없었습니다.

흰 이슬이 내린다는 백로(白露)가 지나 가을의 문턱이요, 민족 최대 명절이라는 한가위가 코앞이건만, 서민들의 시름은 장보기가 겁나고 시장에 가면 '돈이 제일 싸다'고 하는 참으로 이상한 나라에서 살고 있는 흙수저 출신들에게 추석 선물로 속 시원한 웃음을 선사할 누구 없소?

(2016. 8.)

진실을 말해다오

맹자가 제선왕을 찾아보고 나눈 이야기입니다.

"처자를 친구에게 맡기고 초나라에 다녀오니 그 친구가 처자를 돌보지 아니하여 고생이 자심하였습니다. 어찌하면 좋겠습니까?"

"그런 사람이라면 당장 절교를 해야 합니다."

"대부가 그 부하를 제대로 거느리지 못하여 고을 백성들이 고통을 받고 있습니다. 어찌해야 하겠습니까?"

"그야 대부를 당장 그만 두게 해야지요."

"임금이 나라를 제대로 다스리지 못하여 온 나라 백성이 고통을 받는 다면 어찌해야 합니까?"

"그~야, 음….”

제선왕은 좌우를 둘러보며 말은 잇지 못하고 입맛만 쩍 쩍 다셨습니다.

자기 잘못은 인정하지 아니하고, 솔직히 시인하여야 할 것은 시인하지 아니하면서 우물쭈물하는 이런 경우를 두고 옛 사람이 말하길 "고좌우 이언타(顧左右 而言他)"라고 했습니다.

소도둑이 절도죄로 법정에 섰습니다. 판사가 할 말이 없느냐고 묻자, 도둑이 말하기를 "길거리에 낡은 새끼줄이 있어서 치우려고 들고 왔더니 그 뒤에 소가 따라 왔다고 합니다. 이 사람이 도둑입니까? 아니면 거리에 떠도는 쓰레기를 치워준 의인(義人)입니까?"

근자에 핑계와 변명으로 온통 나라를 어지럽게 하는 누구누구를 보는 것 같지 않습니까?

우리나라에는 철강 산업으로는 세계적으로 유명한 포항제철이 있지만 포항제철보다도 더 강한 쇠를 생산하는 모로쇠 공장이 있습니다.

삼국지에 등장하는 관운장이 사용하였다는 청룡언월도나 장비가 쓰던 장팔사모 같은 구식 무기로는 모로쇠로 만든 신식 방패를 들고 대항하는 기춘 도승지나 우거지 승지 같은 지략가가 포진하고 있는 거시기를 공략하기는 결코 쉽지 않을 겁니다. 희랍 신화에 이런 이야기가 있습니다.

크레타라는 섬나라에 손재주가 좋은 다이달로스라는 사람이 살고 있었습니다. 크레타 왕 미노스는 이 사람에게 "사람이 들어갈 수는 있으되 한번 들어가면 다시는 나올 수 없는 미궁(迷宮)을 만들 것을 명령하였습니다. 미궁이 완성되자 왕은 머리는 소이고 육신(肉身)은 사람이면서 선남선녀만을 잡아먹는 미노타우로스라는 괴물을 이곳에 가두어 버렸습니다. 한번 미궁에 갇히면 생전에는 탈출할 수 없고, 이는 곧 죽음을 의미합니다.

우리는 어떤 사건이 잘 해결되지 않을 때 미궁에 빠진 사건이라고 하고, 미궁 안에 있는 복잡한 길을 미로(迷路)라고 합니다.

아테네의 왕자이자 영웅인 테세우스는 실타래를 몸에 두르고 스스로 제물이 되어 이 미로를 따라 미궁으로 들어가서 괴물을 죽이고 잡혀있는 사람들을 데리고 무사히 탈출합니다.

자, 이 신화가 우리에게 시사하는 점은 무엇일까요?

아무리 거대한 미궁(迷宮) 속에 복잡한 미로(迷路)와 단단한 모르쇠로 무장한다 하더라도 언젠가는 진실이 밝혀질 수밖에 없다는 것을 암묵적으로 표현한 것은 아닐는지.

요새는 하도 지겨운 이야기라 뉴스자리에 앉히기도 싫은 최순실이나 미스 박 이야기를 먼저 꺼내는 사람이 회식비를 부담하기로 하는 모임도 있습니다. 그러나 5분이 채 못 되어 언제 그랬느냐는 듯이 대통령 탄핵소추 운운하면서 목에 핏대를 세우는 것이 목로주점에서의 흔한 풍경입니다.

최순실을 연결고리로 하여 정경유착의 비리를 저지르고 국정농단을 부추겨 나라를 이 지경으로 만들었다는 의혹을 받게 되자, 검찰수사나 특검조사에 누가 시킨 것도 아니고 스스로 성실히 임하겠다고 하던 박대통령은 보이지 않고, 헌법재판소에서 열리는 탄핵심판 변론에서 대리인이라는 서모 변호사는 광화문 대규모 촛불집회는 민심이 아니고 종북 세력의 책동이라고 색깔론을 덧씌우는 모습을 지켜보면서 거시기한 욕설이 튀어나왔습니다.

어린 학생부터 유모차를 밀고 나온 새댁, 소달구지를 끌고 나온 농부에 이르기까지 백만이 넘는 인파가 경건하리만치 질서 있는 평화시위를 하는 모습을 보고 전 세계가 찬사를 보내건만 색 바랜 종북으로 도금하려 하다니, 제발 진실되었으면 좋겠습니다.

세월호 참사 발생 이틀을 앞두고 "박근혜는 내려오고 세월호는 올라오라"는 주제로 지난 7일 광화문광장에서 열린 11차 촛불집회에서 "친구들아, 답장 안 올 줄 알면서도 카톡을 보낸다"는 생존학생의 절규에 가까운 흐느낌을 들으면서 가슴이 먹먹해지는 것을 어쩔 수 없었습니다.

정말이지 새해에는 진실한 사람들이 사람답게 사는 세상을 보았으면 좋겠습니다.

(2016. 12.)

다시 시작하는 마음으로

H는 내가 20년 가까이 곁에서 지켜본 청년이다. 그는 그리 넉넉하지 아니한 집안의 장남으로 태어나서 집안 살림은 스스로 돌보아야 할 처지임에도 늘 해맑은 웃음을 잃지 않는다. 그는 고향에서 그리 크지도 작지도 아니한, 그러나 수입만은 옹골찬 음식점을 경영하는 어엿한 경영인이다.

언제 보아도 인사성이 밝다. 얼굴도 마음생김처럼 준수하다. 매사에 침착하여 내가 가끔 어려운 부탁을 하는 경우가 있는데 그때마다 거절은커녕 얼굴에 싫은 내색조차 드러내는 일을 본 기억이 없다.

예를 들면 밤 12시가 가까워 오도록 주석을 같이한 친구의 장거리 대리운전을 시킨다든지 집안 대소사 행사에 쓸 음식장만용 장보기를 부탁하는 경우 말이다.

그는 30이 넘도록 장가를 들지 아니한 노총각이었는데 이점이 내가 그를 만날 적마다 인사말을 보낼 수 있는 빌미를 주는 대목이기도 하다.

"자네는 언제쯤 국수를 줄 작정인가. 자네 국수 기다리다 목젖 떨어지겠다."

"헤에~ 곧 드려야죠."

그뿐이다.

들리는 바로는 자기가 세 들어있는 2층의 큰 건물을 매입할 만큼의 돈을 벌기 전에는 절대 장가를 들지 않겠다고 했다는데 거의 목표한 액수가 가까워 온다는 말을 들었다. 그것도 몇백 몇천만 원이 아닌 수억짜리 건물인데 작심이 굳다.

H가 구정이 지난 어느 날 오후, 예고도 없이 내 사무실에 들렀다. 옆에 묘령의 아가씨까지 대동하고.

놀란 토끼처럼 눈치를 살피는 나에게 그는 예의 순진하고 계면쩍은 표정으로 옆자리의 아가씨를 소개하면서 결혼을 하겠단다. 그러니 주례를 맡아주어야겠다는 부탁이다.

"아. 이 사람아. 내가 언제 국수 달라고 했지 주례 서주겠다고 했느냐?"

고 펄쩍 뛰는 나에게 이것은 어제 오늘 생각한 일이 아니라 이미 수년 전부터 제 결혼의 주례는 나에게 맡겨야겠다고 작심한 일이니 거절하지 말라고 그 태도가 자못 진지하다.

제 결혼의 주례만큼은 사회적으로 저명하되 저를 모르는 생면부지의 사람보다는 주위에서 저를 잘 아는 분에게 청하기로 했단다.

H가 다녀간 후, 잠시 상념에 잠겨 본다. 내가 주례를 설 여건이나 사회적 지위나 명망 등은 차치하고, 벌써 내 나이가 내가 사는 것보다 남이 사는 것을 지켜보아야 할 나이에 접어들었단 말인가.

무엇을 하면서 그 많은 세월들을 보내고 지천명의 나이를 훌러덩 넘겨 버렸는가. 지금도 마음 같아선 여름날 논배미 사이사이로 메뚜기 잡고 겨울날 보리밭 고랑에서 연 날리던 어린애거늘.

　결혼이란 것을 새삼스레 다시금 곱씹어 본다.

　결혼은 서로가 서로를 알지 못하는 미지의 남녀가 모여서 사랑을 약속하며 하나 됨을 확인하는 의식이다.

　결혼은 상대방을 내 쪽으로 끌어오는 것이 아니라 내가 상대방에게 달려가는 여유를 가지고 새로운 사랑을 창조하는 종합 예술이다.

　결혼은 좋은 짝을 찾는 게 아니라 좋은 짝이 되어주는 작업이다. 상대방을 슈퍼마켓의 진열대 위에 놓여있는 통조림 깡통같이 여기면서 자기는 보석상자 속의 진주와 같은 대우를 받으려 하는 불평등한 생각을 갖는다면 행복이 올까?

　생각이 여기에 미치자, 나 스스로의 결혼생활을 되돌아본다.

　사람 사는 세상살이가 다 그러하듯이 장거리경주와도 같이 길고 긴 결혼생활이 늘 즐거움과 기쁨만으로 충만된 것은 아니었다. 진실로 좋아하고 사랑한다면 절망 가운데서도 함께 웃으며 일어나고 슬픔 가운데에서도 기쁨과 신뢰를 찾을 수 있는, 사랑하는 마음에 고난과 역경까지도 아울러 감싸줄 수 있는 인내와 정성이라는 커다란 보자기가 필요하지 않을까.

　그러나 빠듯한 박봉의 봉급에 상대적 빈곤을 느끼며 바가지를 긁는 아내에게 그를 이해하기에 앞서 공무원인 날더러 도둑질을 하라느냐고 윽박지르고 핀잔을 주었던 일들이 가슴 아프다.

서로의 좋은 점을 찾아 갈고 닦을 수 있는 확대경을 준비하기보다 서로의 흠집과 결점을 찾아 그걸 청소하려는 생각을 더 많이 하였던 나날들은 기억하기조차 싫다. 그렇다. 이제부터라도 마음을 다잡아 보자.

　세월이 또 흐르고 흘러 60이 넘고 70이 넘었을 때 곱고 짙은 백설이 온 머리전등을 장식할 무렵 석양에 지는 노을을 함께 바라보면서 나는 당신을 만나서 행복했고 후회가 없었노라고 그윽한 눈길로 상대방을 훈훈히 덥혀줄 수 있는 부부가 되도록 노력해야겠다고 생각해 본다. 비록 그것이 힘들고 어려운 학습활동이고 저 시지프스의 신화처럼 결심의 반복에 그치는 무위로 끝날지언정.

(1995.)

최정욱의 문학세계

임창순

이 책의 저자인 최정욱은 율사(律士)다.

율사는 문사(文士)와 크게 대비된다. 율사는 정해진 법에 따라 글을 쓰는 방식에 익숙하다. 그 정해진 법이 악법이라도 그런 틀 속에서 글을 써야 하는 게 직업이다. 저자는 이런 문체에 이미 익숙해진 작가다.

문사는 법을 따를 생각이 없다. 감성을 우선한다. 감성은 법의 한계를 자유롭게 넘나든다. 때로는 넘나드는 도를 넘어 법을 파괴하기도 한다. 문사 중에서도 특히 작가들의 경우가 그러하다.

율사인 저자가 생업의 영역을 넘어 문학을 넘나들었다. 전북수필문학상을 받을 만큼, 지·지(誌紙)에 그동안 많은 글을 기고하였고, 이미 수필계의 인정을 받은 문사가 된 것이다.

나는 저자와 사범학교 동기이다.

3년을 같이 배운 후에 우린 아주 멀리 헤어졌다. 초등학교에 머물러 있어야 할 나는 중·고등학교와 일본의 민단에 파견 근무하면서, 한국어를 밥줄로 하는 직업에 매달리며 문사가 되었고, 그는 법조계로 들어가 '현장 사실과 법의 일치'를 다루면서 문사가 되었다. 그가 사법고시를 준비했던 일도 이번 수필집 원고를 통하여 처음 알게 되었다. 초등학교 교사가 되기 위하여 같은 교육과정으로 공부한 우리들이지만, 우리는 다른 길을 선택한 별종들이었고, 그렇게 먼 길을 걸어 각자의 고향으로 돌아왔다.

내가 그와 가까워진 것은 나의 귀향과 관련된다. 그는 일찌감치 그의 고향인 군산으로 내려와 법무사 사무실을 냈고, 나는 나의 고향인 보령시의 산골로 내려와 묵은 밭을 일구며 수필집을 냈다. 우린 이렇게 되어 글을 쓰고 있는 자신들의 처지를 밝히게 되었다.

그의 문학은 주로 지면(紙面)을 통한 현실참여의 칼럼 형태였다. 현상을 잡아내어 드러내고 서술하는 방법이 특이했다. 국정의 잘못된 문제점을 소시민의 입장에서 하나하나 지적하여 드러내는가 하면, 매몰차게 공격하기도 한다. 〈있을 때 잘해〉〈글쎄올시다〉에서도 그렇지만, 이 저작의 책제(冊題)이기도 한 〈전봇대와 공무원〉은 구성의 재미까지 유연하여 아주 쉽게 읽힌다. 이명박 대통령 당선인 때의 칼럼인데, 글 속의 문단 하나를 인용해 본다.

…대통령당선자가 지금 당장 뽑아내라고 한 것도 아니고, 예를 들어 이야기한 이 한 마디에 산업자원부 소속 서기관과 사무관이 현장으로 달려가고, 전남도청과 영암군 공무원이 동원되고, 한전 기술자 7명이 5시간에 걸

쳐 부랴부랴 전봇대 2개를 뽑아냈습니다.

그것도 비가 내리는 가운데 일어난 작업이라 이를 두고 '빗속의 전봇대 작전'이라는 별명을 얻었습니다.

이 말은 한때 탁상행정과 복지부동을 일삼으며 몸보신으로 일관하는 공무원들의 일처리를 두고 전봇대 행정이라고 비난하는 유행어가 되기도 했습니다.

그런데, 그가 하고자 하는 말은 이 이야기가 아니다. 주제를 부각시키기 위하여 우스갯거리 하나를 서두에 갖다 놓는 구성법이다. 손자 출생신고를 하러 갔다가 담당 공무원과 실제로 부딪치는 촌극을 은행원의 서비스 정신과 비교하는 문제 제기이다. 친절하고 융통성 있는 공무원의 자세를 은행원의 서비스 정신과 에둘러 비교하면서 호되게 질타하는 주제 암시의 도입이다. 막힌 공무원 사회의 체증을 드러내기 위한 장거리 함포를 쏘는 방식이다. 윗물이 맑아야 아랫물이 맑다는 이야기의 마중물로 대공포를 쏜 것이다.

저자의 모든 작품들은 이렇게 주제를 드러내는 수법이 크고 치밀하다. 중앙 문단에서 더러 졸문을 내놓고 있는 내가, 이 글들을 눈 씻어가며 다시 읽게 된 이유이다.

내가 이 책의 대표 수필로 지적하는 〈부전자전〉은 이 책 대부분의 칼럼들과 궤를 달리한다.

일반 문인들도 이런 소재는 잘 펴놓지 않는다.

그런데, 이런 소재를 그는 아주 부드럽고 능청맞게 꾸려 넘기고 있다. 어린 아들의 야뇨에 대하여 온 가족을 다 동원하는 방법이 그러하다. 지금의 자녀들은, 그때는 어린이였지만 지금은 성장하여 사회적 지위를 확보하고 있는 사회인이다. 저자의 자녀이기에 앞서 이미 가정을 이루고 있으며, 그 가정의 가장이기도 하다. 이런 자녀들의 과거를 비롯한 온 가족의 비밀을 다 드러낸다. 겁 없이 터뜨려 버린다. 유감이라는 단어로 어물쩍 넘어갈 사안이 아니다. 그러함에도 이런 약점을 다 털어놓으며, 자칫하면 잘못 대처할 수 있는 독자들의 길을 열어준다. 행간에 숨어 있는 가족애의 그림을 엿볼 수 있기 때문이다. 좋은 수필작법이다.

한 편만 더 이야기하자.

〈어머니를 그리며〉는, 작품 구성에 있어서의 수미상관(首尾相關)과 감성을 드러내는 수법이 예리하다. 어머니 생전에 올린 편지글로는 부족하여, 돌아가신 후에 다시 쓴 미문이다.

수필 문장을 가리켜, 흔히 그 사람의 인격이라고 한다. 그렇다면, 저자의 인격은 이렇게 가족과의 견고한 사랑 속에서 응집된 로고스 쪽의 사랑일 것이다.

내리사랑이란 말은 있어도 '올리사랑'이란 말은 없다. 아마 효(孝)란 말로 대치되었기 때문일 것이지만, 나는 여기에서 올리사랑하는 그의 편지 글과 수필 한 편을 매우 좋아한다. 1장에 수록된 〈어머니를 그리며〉의 머리 문장을 보자.

어머니는 가셨다.

당신이 그렇게도 좋아하던 백목련이 수줍은 제 얼굴을 보이지 않은 채 칭얼거리고 있는 사이에, 쌀쌀한 꽃샘추위를 보듬고 홀연히 가셨다.

정제된 문장은 아니다. 그러면서도 목련처럼 아름답던 모친을 '목련추위'에 돌아가신 우연과 엮어, 시렁 위의 메주덩어리처럼 매달린 칠남매를 거둬주신 노모에의 사무친 감정으로 깔끔하게 드러낸다. 제 1장에 모아놓은 수필들이 대부분 그러한 걸 보면, 저자는 수필과 칼럼을 구분하려고 한 것이 아닐까 하는 생각이 든다. 저자의 말로는 수필을 공부한 일이 없고, 학교에서 배운 대로 그냥 '붓 가는 대로 써 본 것'이라 하지만, 그냥 저절로 써진 것 같지는 않다. 법문(法文)에서 터득한 사실 묘사의 진실을 자연 현상의 감성에 대입하는 새로운 문장 틀을 발견한 것이 아닐까?

그 이하의 각장에서 보이는 칼럼·편지 등과 격을 달리하는 것이 더욱 그런 생각을 갖게 한다. 그렇다면, 저자는 수필의 새로운 경지를 개척하고 있는 지역의 유수한 잠재적 수필가가 된다.

장을 달리하여 편집한, 특히 5~6장의 칼럼들은 드러낸 사실들이 아슬아슬하다. 실명을 거론하기 때문에 더욱 그러하지만, 서술이 정도(正道)를 벗어난 게 아니라서 이의를 제기할 수 없다. 독자와의 공감대를 통하여 정의감을 공유하게 하는 마력이다. 많은 재판과 법리 논쟁에서 주장하고 느낀 사실들을 저자의 독특한 표현 방식으로 얽어낸 마력이다. 아슬아슬한 재미라고 할까? 노련미의 극치라고 할까? 실제 일어난 사건과 현실을 저자의 정의감으로 몰아세우는 견고함이 글의 참맛을 느끼게 한다.

속말에, 뽕 따고 임 만난다는 말이 있다. 속언 그대로, 나는 친구와의 해후를 통하여 문학의 동지를 만났다. 나야말로 임 보고 뽕딴 격이다.

이런 무렴한 처지라 발문한 자리를 자청하고 나선 것이 혹 흑점이 되지 않았을까 싶어 저어되는 마음으로 이쯤에서 글을 접는다. 기러기의 큰걸음을 삐틀삐틀 걷는다며 중언부언한 격이다.

다만, 이제부터가 농익은 이야기들을 우려낼 때라는 말 하나만 더 붙이고 싶다. 몸만 성하다면, 좋은 글을 쓸 수 있는 어르신의 연대가 된 우리들이다. 팔마산에서 다듬은 정기를 되살려 노익장으로 거듭나고 싶다.

직업으로 쓰는 글이 아니라면, 글 쓰는 일이 건강에 도움을 준다는 말도 첨언하고 싶다. 보령의 청정한 산 속에 있는, 청명한 마음 한 자락으로 발문에 대신한다.

[수필가, 서울 (전)관악고등학교장]